결국
예뻐야
하는걸까?

물음표로
따라가는
인문고전
①

박씨전

결국
예뻐야
하는 걸까?

글 **박진형** | 그림 **이현주**

지학사아르볼

진정한 변신에 대하여

"박씨전? 제비가 흥부한테 박씨를 가져다줬다는 이야기인가?"

"야, 그것도 몰라? 못생긴 여자가 예뻐지는 내용이잖아."

"아, 맞다. 능력자가 돼서 나라를 구하지!"

전에 고3 학생들을 가르칠 때였습니다. EBS 교재에 《박씨전》이 나왔답니다. 나름 유명한 작품인 데다 중학교 교과서에도 실려 있기에 다들 잘 알 거라 생각했지요.

하지만 아이들의 반응을 보며 무척 놀랐습니다. 알고 보니 이 작품을 처음부터 끝까지 제대로 읽은 학생은 많지 않았습니다. 못생긴 여자가 예뻐지는 이야기, 예뻐진 뒤로 능력자가 되어서 나라를 구하는 이야기. 아이들의 말이 틀린 건 아니지만, 그것이 《박씨전》이 전하는 핵심 가치인지는 의문이었습니다.

　'고전(古典)'은 아주 오랫동안 많은 사람들이 읽어 온 작품을 뜻합니다. '문학'이라고 하면 뭔가 거창해 보이지만, 사실상 이야기를 뜻하고요. 즉 '고전 문학'은 오래전부터 전하여 내려오는 다양한 이야기를 의미합니다.

　아이들은 학교에서 고전을 배웁니다. 《박씨전》을 비롯해 《춘향전》, 《홍길동전》, 《심청전》 등 초·중·고에 걸쳐 다양한 작품을 접합니다. 매년 대입 수능 시험에도 고전이 출제됩니다. 이 때문에 아이들은 작품을 하나하나 분석하며 열심히 수업을 들어야 하지요.

　그러나 안타까운 사실이 있습니다. 고전을 배워도, 그것을 통해 무언가를 느끼는 이는 드물다는 것입니다. 학생들에게 고전은 더 이상 감동과 깨달음의 대상이 아닙니다. 고사성어 등의 관용구를 암기해야 하고, 표현 기법과 작품 주제를 알아야 하는 '학습'의 대상이지요. 그래서 고전이 재미있다고 말하는 학생이 드물고, 교과서 밖 작품을 스스로 찾아 읽는 학생은 거의 없습니다.

　교육 현장에서 아이들을 가르치는 저에게 이 부분은 늘 고민이었습니다. 어떻게 하면 아이들에게 고전의 매력을 보여 줄 수 있을지, 그것이 가장 큰 숙제였습니다. 모두가 알다시피 요즘 아이들은 글보다는 영상에 더 익숙합니다. 책을 억지로 한두 페이지 읽다가도 그대로 책장을 덮어 버리기 일쑤입니다. 그렇기에 이들을 고전의 세계로 초대하기 위해서는 무언가가 필요합니다. 그것은 바로 '재미'와 '의미'지요. 이번에 '물음표로 따라가는 인문고전' 시리즈의 첫 작품인 《박씨전》을 쓰면서 저는 무엇보다도 이 점을 고려했습니다.

병자호란을 배경으로 한 《박씨전》은 긴박감 넘치고 재미있는 이야기입니다. 또한 슬프고도 안타까운 이야기지요. 못생긴 외모 때문에 박씨는 큰 아픔을 겪습니다. 당시에 그런 여인이 박씨 혼자였을까요? 결코 그렇지 않을 겁니다. 수많은 여성이 비슷한 문제로 아파했을 겁니다.

그러다 박씨는 변신합니다. 눈부시게 아름다워지지요. 박씨의 변신은 과연 무얼 뜻할까요? 단순히 외모가 아름다워지는 걸 의미할까요? 그렇다면 이 작품은 결코 사람들에게 사랑받지 못했을 것입니다. 아니, 어쩌면 고전으로 남아 있지도 못했을 테지요.

이 책을 통해 '진정한 변신'의 의미를 찾는다면, 그래서 《박씨전》이 주는 깨달음을 얻는다면 좋겠습니다. 오래된 이야기로만 여겨졌던 고전이 우리에게 방향을 제시할 때, 그것은 비로소 가치를 갖게 될 것입니다.

이야기에는 힘이 있습니다. 사람을 울고 웃게 만드는 힘. 강렬한 감동과 잔잔한 여운을 전하는 힘. 오랜 세월 끈질기게 이어 갈 힘. 이 이야기를 통해 문학은 생의 원동력이라는 것, 그리고 고전은 독자와 함께 영원히 숨 쉰다는 것을 느꼈으면 합니다.

● **박진형**

이 책의 활용

Part 1 | 고전 소설 속으로

고전을 아름다운 그림과 함께 담아냈습니다. 원전에 충실하면서도 어려운 단어를 최대한 줄이고 쉽게 풀이하여, 재미난 이야기를 마주하듯 술술 읽을 수 있도록 했습니다.

Part 2 | 물음표로 따라가는 인문학 교실

고전은 오늘의 우리를 비추는 거울이며, '인문학'을 담고 있는 그릇입니다. 이 책은 고전의 재미를 더하고, 우리 고전을 인문학적인 관점에서 바라볼 수 있도록 구성되었습니다.

● 고전으로 인문학 하기

고전 소설을 읽고 나면 머릿속에는 여러 질문들이 떠올라요. 물음표에 대한 답을 따라가 보세요. 배경지식이 쑥쑥 늘어날 거예요.

● 고전으로 토론하기

고전의 내용에 기반한 가상 대화가 이어집니다. '고전으로 토론하기'를 통해 다르게 생각하는 힘을 길러 보세요.

● 고전과 함께 읽기

함께 읽으면 더욱 좋은 문학, 영화, 드라마 등을 소개합니다. 비슷한 주제가 다른 작품에서는 어떻게 표현되었는지 살펴보고 생각의 폭을 넓히세요.

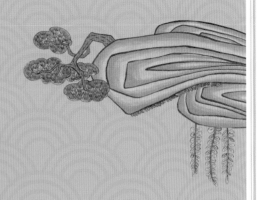

박
씨
전

고전 소설 속으로

우리 고전 소설의
재미와 **감동**을
오롯이 느껴 봅시다.

●

"들어 보게나. 혼인은 사람의 힘으로 하는 게 아닐세.

또한 박 처사를 보니 보통 사람이 아니었네.

이건 모두 하늘의 뜻일 게야.

내가 이미 허락했으니 더는 뭐라 하지 말게."

●

혼인은 본디
하늘의 뜻이라네

조선 인조 임금 때 이득춘이라는 사람이 있었다. 재주가 뛰어난 그는 어릴 때부터 열심히 공부해 일찌감치 과거에 합격했다. 마음이 따뜻한 데다 모든 일을 공정하게 처리하여 많은 사람들의 존경을 받았다. 벼슬 역시 점점 높아져 재상의 자리에 이르렀다.

그에게는 시백이라는 아들이 하나 있었다. 아들 또한 아버지와 같이 하나를 들으면 열을 알 만큼 총명했다.

"아버지를 닮았나 보오. 아들도 아주 영특하네그려!"

"그러게. 될성부른 나무는 떡잎부터 알아본다더니 과연 그런가 봐."

사람들은 이시백을 두고 칭찬을 아끼지 않았다.

그러던 어느 날의 일이다. 이득춘이 집 안에 앉아 있는데 한 노인이 찾아왔다. 옷차림은 누추했지만 무척이나 비범해 보였다.

'저 눈빛과 용모를 보니, 분명 보통 사람은 아니겠구나!'

이득춘은 황급히 일어나 공손히 인사하고 이름을 물었다.

"저는 금강산에서 온 박 처사라 합니다. 대감의 인품이 훌륭하다기에 한번 뵙고 싶었습니다."

대답하는 노인의 목소리에서 알 수 없는 신비한 기운이 느껴졌다. 신선 세계에서 왔음이 틀림없었다.

"손님께선 속세에 사는 분이 아닌 것 같군요. 이렇게 먼 길을 몸소 찾아 주시니 제가 도리어 황공할 따름입니다."

이득춘은 하인들에게 좋은 술과 안주를 준비하도록 했다. 그러고는 방 안쪽으로 박 처사를 모시고 극진히 대접했다. 박 처사는 흐뭇한 얼굴로 말했다.

"대감께선 바둑을 잘 두시고, 통소를 부는 솜씨 역시 뛰어나다고 들었습니다. 다행히 저 또한 조금 할 줄 압니다. 이번 기회에 대감의 솜씨를 보여 주실 수 있겠습니까?"

이에 이득춘은 웃으며 말했다.

"허허, 저는 속세의 무지한 사람입니다. 바둑과 통소를 조금 할 수 있다고 해도, 신선 앞에서 내보일 정도는 아닙니다. 그 말씀을 들으니 제가 도리어 부끄럽습니다."

"겸손이 지나치십니다. 이렇게 만난 것도 인연인데 부디 재주를 보여 주시지요."

이득춘은 속으로 생각했다.

'지금까지 수많은 이들과 바둑 두기와 퉁소 불기를 겨루었으나 그 누구도 나를 이기지 못했다. 그래……. 신선의 솜씨가 얼마나 대단한지 궁금하기도 하다. 한번 겨뤄 보자.'

이득춘은 고개를 끄덕이며 말했다.

"좋습니다. 부족하지만 배우는 셈 치고 그리해 보지요."

둘은 먼저 바둑을 두었다.

한 수 한 수 둘 때마다 이득춘의 정신은 아찔해졌다.

'정말 대단한 실력이로군. 도저히 이길 수 없을 것 같은걸…….'

바둑을 두는 내내 이득춘의 등줄기에서 땀이 흘렀다. 그에 비해 박 처사는 표정에 아무런 변화가 없었다. 대충대충 두는 듯했지만 도저히 따라잡을 수 없었다. 대결은 박 처사의 승리로 쉽게 결정이 나 버렸다.

"제가 졌습니다. 정말 대단하십니다."

"과찬입니다. 덕분에 아주 즐거웠습니다."

다음에는 퉁소 불기를 했다. 먼저 이득춘이 퉁소를 불었다. 구슬픈 듯 애타는 듯한 그 소리에 꽃잎들이 여기저기 흩날렸다.

"마음을 울리는 소리입니다. 정말 대단하십니다."

박 처사가 손뼉을 치며 크게 칭찬했다. 이번에는 박 처사 차례였다. 박 처사가 잠시 숨을 고르고 퉁소를 부는데, 어디선가 돌연 회오리바람이 일었다. 바람이 서서히 꽃나무를 감싸고 휘돌더니, 갑자기 좌우로 크게 몰아쳐 나무가 뿌리째 뽑혀 버렸다. 그 광경을 본 이득춘은 놀라워하며 거듭 감탄했다.

이득춘은 박 처사를 대접하며 여러 날을 함께 지냈다. 하루는 박 처사가 이득춘에게 말했다.

"대감에게 귀한 아들이 있다고 들었는데 한번 보여 주시지요."

이득춘은 흔쾌히 허락하고, 아들을 불러 인사시켰다.

박 처사가 이시백을 보며 말했다.

"아드님 얼굴에서 훌륭한 기운이 느껴집니다. 분명 크게 될 인물입니다. 마침 제게 열여섯 된 딸이 하나 있는데, 재주와 덕이 남에게 뒤지지 않지요. 하지만 아직 배필을 만나지 못하였습니다. 외람되지만 아드님과 제 딸을 맺어 주면 어떻겠습니까?"

그 말을 들은 이득춘은 생각했다.

'참으로 비범한 분이시니, 아들이 이분의 사위가 되면 분명 좋은 일이 있으리라.'

이득춘은 고개를 끄덕이며 말했다.

"높은 덕을 지닌 신선께서 한낱 속세의 사람인 저에게 이렇게 말씀하시니 몸 둘 바를 모르겠습니다."

"아닙니다. 보잘것없는 사람의 말에 이렇듯 관대하시니, 제가 더 감사한 일이지요."

박 처사는 즉시 손금으로 점을 보았다.

"아무 날이 예식을 치르기에 가장 좋겠습니다. 절차는 간단하게 하지요. 그날 금강산으로 찾아오시기 바랍니다."

박 처사가 떠난 뒤 이득춘은 집안사람들에게 혼인 이야기를 알렸다. 모두가 깜짝 놀라며 한마디씩 했다.

"혼인은 인생에서 가장 중요한 일입니다. 부귀한 집안에서 자란 어진 처자들도 많은데, 어찌 잘 알지도 못하는 사람과의 혼인을 허락하셨습니까?"

또 이렇게 말하는 이도 있었다.

"너무 성급한 결정입니다. 아예 없던 일로 하소서."

이미 정해졌으니 대감의 뜻대로 하자는 이들도 있었다. 모든 말을 묵묵히 듣고 있던 이득춘이 말했다.

"들어 보게나. 혼인은 사람의 힘으로 하는 게 아닐세. 또한 박 처사를 보니 보통 사람이 아니었네. 이건 모두 하늘의 뜻일 게야. 내가 이미 허락했으니 더는 뭐라 하지 말게."

•

잠시 뒤 얼굴을 가린 신부가 들어와 앉았다.

둘은 서로 맞절을 하고 술잔을 나눠 마셨다.

곧 신부는 작은 방으로 옮겨 갔고, 신랑은 큰 방으로 들어갔다.

이것으로 모든 식이 끝났다.

•

금강산에서
결혼식을 올리자꾸나

약속한 혼인 날짜가 점점 다가왔다.

'미리 바삐 움직여야겠다. 박 처사의 집은 가 본 적이 없고, 금강산도 멀리 있으니 말이야.'

이득춘은 아들 시백과 하인 몇몇을 데리고 일찌감치 금강산으로 길을 떠났다.

일행은 며칠이 걸려 금강산에 도착했다. 그러나 산으로 들어갈수록 길은 보이지 않고 점차 날은 저물었다.

이들은 할 수 없이 근처의 주막에 머물렀다가, 다음 날 다른 길로 들어섰다. 과연 금강산은 명산이었다. 산봉우리가 공중을 향해 우뚝 솟아 있었고, 새하얀 구름은 파란 하늘을 유유히 떠다녔으며,

계곡물은 맑은 소리를 내며 잔잔히 흘렀다.

하지만 그들에게 명산을 감상할 여유는 없었다. 반나절이 지나도록 사람 한 명 보지 못하였으니 이득춘의 속은 타들어만 갔다.

그때 마침 저 멀리서 나무꾼 몇 명이 다가왔다. 이득춘은 반가워하며 물었다.

"이보게들. 말 좀 묻겠네. 혹시 박 처사라는 분을 아는가?"

"아니, 어떤 일로 이 깊은 곳에서 박 처사를 찾으십니까?"

이득춘은 박 처사를 아는 사람이 있어 다행이라 생각하고 얼른 답했다.

"그가 사는 곳을 알려 주겠나? 내가 거기 꼭 가야 한다네."

"아아, 저희도 잘 모릅니다. 예전에 그분이 살았다던 골짜기가 있다는 말은 들었는데, 정작 그분을 본 사람은 아무도 없습니다."

"그게 정말인가?"

안타까움과 실망감이 한꺼번에 몰려왔다.

'아…… 이 일을 어찌하나.'

어느새 날이 저물고, 두견새 우는 소리만 슬프게 들려왔다. 일행은 어쩔 수 없이 산에서 내려와 주막에 머물러야 했다.

박 처사를 찾아 헤맨 지 사오일째였다. 초조해하던 이시백이 조심스레 여쭸다.

"잘 알지도 못하는 노인의 말을 들어 이렇게 된 것이니 누구를 원망하겠습니까? 이제라도 돌아가는 것이 옳다고 생각됩니다."

"으음……."

이득춘도 아들의 말이 맞다고 여겼다. 하지만 한편으로는 박 처사가 약속을 어길 사람이 아닐 거라는 확신이 들기도 했다.

"내일이 혼인하기로 약속한 날이지 않느냐? 내일까지 기다려 보고 정하겠다."

다음 날 일행은 다시 산골짜기로 들어섰다. 길은 점점 좁고 구불구불해졌다.

그때 문득 건너편에 지팡이를 짚고 서 있는 한 노인이 보였다. 반가운 마음에 가까이 다가가 보니 박 처사였다.

"아이고, 반갑습니다. 정말 여러 날 찾았습니다."

박 처사는 웃으며 반겼다.

"허허, 고생이 많으셨군요. 어서 안으로 드시지요."

박 처사는 사람들을 데리고 산 안쪽으로 들어갔다. 금강산 제일 봉이 병풍처럼 늘어섰고, 소나무와 대나무가 울창하게 뻗어 있었다. 기이한 꽃과 풀 역시 그윽한 향을 뿜어냈고, 봉황과 공작은 쌍쌍이 고운 자태를 뽐내며 노래했다. 비단에 수놓은 듯한 아름다운 풍경이었다.

'과연 이곳은 인간 세상이 아니로구나……'

이득춘은 경치를 바라보며 깊은 생각에 잠겼다.

이윽고 초가집이 나타났다. 대문 앞에는 큰 버드나무가 높이 뻗어 있었고, 연못에는 연꽃이 활짝 피어 있었다. 하늘 저 멀리 하얀 갈매기 두어 마리가 유유히 날아다녔다.

문 앞에 이르러 박 처사가 말했다.

"이곳이 제 집입니다. 집이 작고 누추하니 이해해 주길 바랍니다. 날이 거의 저물었으니 어서 혼례를 치르도록 하지요."

사람들이 짐을 풀고 서둘러 혼례를 치를 준비를 했다.

곧이어 혼례식이 열렸다.

먼저 이시백이 안방으로 들어갔다. 이시백은 신부가 어떤 사람일지 무척 궁금했다.

잠시 뒤 얼굴을 가린 신부가 들어와 앉았다. 비록 얼굴은 잘 보이지 않았지만 태도가 단정하다는 사실은 알 수 있었다. 또한 무척이나 예의 바른 듯했다. 둘은 서로 맞절을 하고 술잔을 나눠 마셨다. 곧 신부는 작은 방으로 옮겨 갔고, 신랑은 큰 방으로 들어갔다. 이것으로 모든 식이 끝났다.

박 처사가 술과 두어 가지 채소가 놓인 작은 상을 들고 왔다.

"산속이라 특별히 먹을 것이 없습니다. 대접이 이러하오니 이해

하시기 바랍니다."

이득춘은 공손히 인사하며 감사를 표했다. 하지만 정작 옆에 있던 하인들은 수군거렸다.

"아니, 명색이 대감 아들의 결혼식인데 저런 걸 먹으라고 준단 말인가?"

"그러게 말이야. 초라하기 짝이 없네."

박 처사는 아랑곳하지 않고 술을 따라 모든 이에게 권했다.

"자, 이건 송화주라 합니다. 한 잔씩 받으시지요."

이득춘과 하인들은 술을 받았다. 딱 한 잔만 마셨을 뿐인데 다들 취해서 깊이 잠들어 버렸다. 눈을 떴을 땐 이미 해가 중천에 올라 있었다. 모두 어찌 된 일인지 영문을 알 수 없었다. 기이한 일이라며 어리둥절해 있을 때 박 처사가 말했다.

"하루가 지났습니다. 어제 술 한 잔에 모두 취하시더군요. 오늘 아침엔 내려가시는 길이 불편하실까 걱정이 되니 술을 권하지 않겠습니다."

이득춘은 고개를 숙여 대답했다.

"감사합니다. 어제 마신 술은 분명 신선의 술인가 보군요."

"그렇습니다. 술 한 잔에 그렇게 취하시는 걸 보니 몹시 피곤하셨던 모양입니다."

곧이어 박 처사가 아침 식사를 권했다. 어제 저녁과 마찬가지로 작은 상 위에는 나물 서너 가지가 가지런히 놓여 있었다.

아침 식사도 마치고 이제 돌아갈 시간이 되었다.

"다시 먼 길을 떠나시는군요. 부디 몸조심하십시오. 제 딸도 오늘 아주 데리고 가시기 바랍니다."

"감사합니다. 또 뵐 날이 있겠지요. 그동안 건강하십시오."

이득춘은 박 처사와의 이별을 아쉬워하며 인사를 나누었다.

일행은 천천히 산길을 내려갔다. 얼굴을 가린 신부는 말 위에 조용히 앉아 있을 뿐이었다.

•

"예로부터 사람의 마음을 보지 못하고 아름다움만 취하면

반드시 패가망신한다고 하였다.

그런데도 너는 네 아내의 얼굴이 곱지 않다 하여 구박하니,

어찌 몸과 마음을 닦고 집안을 다스릴 수 있겠느냐."

•

아아, 그 모습

흉측하여 싫다

한성 집으로 향하던 일행은 날이 저물어 근처 주막에 들렀다. 이득춘과 이시백은 신부와 한방에 들어갔다.

신부는 장옷*을 벗고 마침내 모습을 드러냈다.

'아니! 이럴 수가…….'

신부를 처음 본 이득춘과 이시백은 놀라지 않을 수 없었다.

피부는 오래된 돌처럼 푸석푸석했고, 얼굴빛은 불그스름했으며, 늘어진 코는 입과 맞닿아 있었다. 게다가 눈은 달팽이 구멍같이 툭 튀어나왔고, 이마는 메뚜기 머리처럼 좁았으며, 짧은 머리털

---

* **장옷** 예전에 여자들이 나들이할 때에 얼굴을 가리느라고 머리에서부터 길게 내려 쓰던 옷.

은 여기저기 엉켜 있었다. 차마 눈 뜨고는 볼 수 없는 모습이었다. 이득춘은 마음을 겨우 가다듬었다.

'사람이 이토록 끔찍하게 생겼다면 감히 집에서 나오지도 못할 텐데, 어찌 남의 집으로 시집온 것인가. 게다가 굳이 내 아들에게 혼인을 요청하기까지 하다니……. 으음, 박 처사에게 무언가 사정이 있을 것이다. 이 또한 인생이라. 만일 내가 함부로 대한다면 며느리가 얼마나 슬프겠는가. 아무쪼록 내가 귀하게 여겨 집안의 복이 되도록 하리라.'

이득춘은 이시백에게 말했다.

"오늘에서야 신부의 모습을 보는구나. 앞으로 우리 집에 복이 많고, 너에게도 큰 행복이 있을 것이니 어찌 기쁘지 않겠는가."

그러고는 집에 가는 동안 신부를 정성껏 모시게 했다.

며칠 뒤 일행은 집에 도착했다. 일가친척과 동네 사람들이 구름처럼 모여들었다.

그러나 신부가 얼굴을 드러내자마자 수군거림이 물결처럼 일었다. 어떤 사람은 비웃고, 어떤 사람은 얼굴을 찌푸렸으며, 심지어 어떤 사람은 침을 뱉기까지 했다.

이득춘의 부인이 남편에게 말했다.

"산에 사는 노인의 말을 들어 자식 일생을 그르치셨구려. 부끄

러운 집안 망신입니다. 부디 다시 생각하세요. 이 여자를 도로 보내고 다른 가문에서 예쁜 며느리를 얻는 게 어떻습니까?"

이득춘은 부인의 말을 듣자마자 불같이 화를 냈다.

"옛말에 양귀비는 절세미인이로되 나라를 망쳤다고 하였소. 외모가 아무리 아름답다 해도 올바로 행동하지 않으면 아무도 공경하지 않을 거요. 며느리는 우리 집의 행복이 될 것이오. 어찌 아름다움만 바라고 덕을 모르시오?"

"그래도……."

이득춘은 생각을 굽히지 않았다.

"우리 부부가 며느리를 함부로 여기면, 며느리가 자식과 집안을 어찌 다스리겠소. 이제는 이 아이가 우리 가문을 빛낼 일만 남았소. 다시는 그런 소리 말고 부디 며느리를 예뻐해 주시오."

그러나 부인의 귀에는 이득춘의 말이 들리지 않았다. 그녀는 며느리를 미워했고, 남편 되는 이시백 또한 아내의 방에 들어가지 않았다. 상황이 이러니 하인들 역시 박씨를 함부로 대했다.

박씨의 슬픔은 말로 다할 수 없었다. 박씨는 우두커니 혼자 있을 뿐, 아무것도 할 수 없었다. 이득춘은 이런 상황을 알고 노비들을 엄히 다스리는 한편, 아들 이시백을 불러 호되게 꾸짖었다.

"예로부터 사람의 마음을 보지 못하고 아름다움만 취하면 반드시 패가망신한다고 하였다. 그런데도 너는 네 아내의 얼굴이 곱지 않다 하여 구박하니, 어찌 몸과 마음을 닦고 집안을 다스릴 수 있겠느냐. 네 아내는 신선의 딸인 데다, 마음이 순하고 덕이 있다. 조강지처는 버리지 않는다는 말도 있는데, 너는 덕 있는 사람을 어찌 함부로 대하느냐. 네가 앞으로도 아내를 박대하면 이젠 나를 깔보는 것으로 여기겠다."

"죄송합니다. 불효자식이 아버님의 명을 거역하였습니다. 다시는 그러지 않겠습니다."

말만 이렇게 했을 뿐, 이시백은 아내와 함께 하고픈 마음이 전혀 없었다. 그는 박씨의 방에 들어가더라도 구석을 향해 등 돌아서 앉았다. 그러다 밤이 깊으면 몰래 나와 다른 방에서 자고는 아침에 아버지께 문안 인사를 드렸다. 사정을 모르는 이득춘은 아들이 마음을 고친 줄 알고 기뻐했다.

박씨를 미워하기로는 이득춘의 아내도 둘째가라면 서러웠다. 그녀는 하인들에게 이렇게 명령했다.

"며느리 꼴도 보기 싫구나. 밥을 아주 조금만 주거라."

도저히 견딜 수 없던 박씨는 여종 계화에게 말했다.

"드릴 말씀이 있으니 대감께 잠시만 뵐 수 있냐고 여쭈어라."

계화의 말을 들은 이득춘은 박씨의 방으로 왔다. 박씨가 다소곳이 고개를 숙인 채 말했다.

"제가 외모가 추한 데다 어질지 못해 남편으로부터 사랑받지 못하였습니다. 뒤뜰에 조그만 집을 지어 주소서. 몸을 감추어 그곳에서 지내겠습니다."

이득춘은 탄식했다.

"자식이 못나서 아비의 말을 듣지 아니하니, 모든 게 나의 잘못이다. 녀석에게 다시 말할 터이니 염려치 말거라."

박씨는 그 말에 감격하여 다시 말했다.

"아버님의 말씀에 감사할 따름입니다. 하지만 이 모든 건 저의 잘못이니 어찌 남편을 원망하겠습니까. 황공하지만 아까 말씀드린 대로 조그만 집을 지어 주십시오."

이득춘은 생각해 보겠다고 말하며 자리를 떴다.

대감은 아들을 불러 크게 꾸짖었다.

"너는 이 아비의 말을 듣지 않는구나. 덕 있는 사람을 몰라보고 아름다움만을 원하니, 앞날이 뻔하다. 정녕 복을 물리치고 재앙을 불러들이는구나. 만약 네 아내가 슬퍼하다 죽으면 우리 집안은 망하고 말 것이다. 너는 어찌 그리 생각이 짧고 현명치 못하느냐?"

무릎을 꿇고 앉은 이시백은 고개를 들지 못했다.

'그래, 내가 잘못한 일이다. 다음부터는 그러지 않으리라.'

그러나 그때뿐이었다. 아내가 있는 방에 들어가기만 해도 저절로 싫은 마음이 들었다. 이시백은 눈을 감은 채로 아무 말도 없이 앉아 있었다. 상황이 이러니 이득춘은 며느리의 부탁을 들어줄 수밖에 없었다.

"우리 집안이 망하려나 보다."

이득춘은 며느리의 부탁대로 뒤뜰에 조그만 집을 짓고, 여종 계화에게 박씨의 시중을 들도록 했다.

●

"그대의 조복을 보라.

앞에 수놓인 봉황이 짝을 잃고 슬퍼하고 있다.

또 뒤에 수놓인 푸른 학은 눈 덮인 추운 산에서

먹을 걸 찾지 못해 굶주려 있다. 이게 어찌 된 이유인가?"

●

과연 인간의 재주가 아니로다

　이득춘이 우의정으로 임명되었다. 큰 경사를 맞아 집안에 활기가 넘쳤다. 이득춘은 다음 날 아침 일찍 궁궐로 들어오라는 어명을 받았다.

　"내일 조회에 조복*을 입고 가야겠소."

　이득춘의 부인은 당황했다.

　"이를 어쩝니까. 예전에 입던 조복은 이미 색이 바래서 입을 수 없습니다. 하룻밤 만에 옷을 어찌 만든단 말입니까?"

　"허어, 이를 어쩌나……. 궁에 갈 때는 예를 다 갖춰야 하는데,

---

* **조복** 조선 시대 신하가 나라의 경축일이나 의식을 치를 때 예를 갖춰 입던 옷.

낡은 옷을 입을 수는 없지 않소."

"어서 바느질 잘하는 사람을 구해다가 옷을 만들어 보지요."

마음이 급해진 부인은 서둘러 한성에서 바느질 잘한다는 사람들을 불러 모았다.

이윽고 여러 여인들이 한데 모여 옷을 지으려 하는데, 이 이야기를 들은 박씨가 계화에게 말했다.

"내가 조복을 마련하겠다. 어서 옷감을 가져다 달라고 말씀드려라."

계화가 이 말을 전하니 이득춘이 크게 기뻐했다.

"내가 왜 며느리 생각을 하지 못했을까. 그래, 걱정할 필요가 없다. 며느리의 재주를 믿어 보자."

옷감을 받은 박씨는 촛불을 밝히고 곧바로 옷을 만들기 시작했다. 이제껏 어디에서도 볼 수 없던 아주 묘하고도 신기한 바느질 솜씨였다. 주위의 모든 여인들은 이 광경을 구경하며 입을 다물지 못했다.

옷은 하룻밤 만에 완성되었다. 앞에는 봉황이, 뒤에는 푸른 학이 수놓여 있는 조복이었다. 옷에는 바느질한 흔적이 전혀 없어, 다들 인간의 솜씨가 아니라고 칭찬했다.

이득춘이 옷을 보며 말했다.

"이는 분명 하늘이 만든 것이다."

얼마나 아름다운지 옷을 보는 사람들마다 깜짝 놀라고는 했다.

"박씨에게 이런 재주가 있었는지 전혀 짐작하지 못했습니다."

다음 날 아침, 이득춘은 조복을 당당히 차려입고 궁궐로 갔다. 임금이 물었다.

"그대의 조복은 누가 지었는가?"

"제 며느리가 지었습니다."

"그런가. 옷이 범상치 않군."

이득춘은 뿌듯한 마음이 들었다.

"그런데 그대는 어찌 며느리를 고생시키며 홀로 살게 하는가?"

뜻밖의 말에 이득춘의 눈이 휘둥그레졌다.

"전하께서는 어찌 알고 계십니까?"

"그대의 조복을 보라. 앞에 수놓인 봉황이 짝을 잃고 슬퍼하고 있다. 또 뒤에 수놓인 푸른 학은 눈 덮인 추운 산에서 먹을 걸 찾지 못해 굶주려 있다. 이게 어찌 된 이유인가?"

이득춘의 등줄기에서 식은땀이 흘렀다. 그는 땅에 바짝 엎드려 아뢰었다.

"제 며느리의 용모가 몹시 흉합니다. 그래서 어리석고 못난 아들놈이 아내를 멀리하여, 며느리 혼자 살고 있습니다."

"부부간에 사랑과 즐거움이 없다니, 따로 방을 쓴다는 건 이해가 된다. 그러나 추위와 배고픔에 떠는 것은 어찌 된 이유인가?"

"제가 사랑채에 있어서 그 일은 잘 모르겠습니다. 모든 것은 제가 어리석은 탓입니다. 부디 저를 벌하여 주시옵소서."

"내 그대의 며느리를 보진 못했지만, 조복 지은 솜씨를 보니 사람의 재주가 아니다. 부디 따뜻하게 대해 주거라. 내가 박씨를 위해 매일 쌀 서 말을 내려 줄 테니, 앞으로는 이런 일이 없도록 하여라. 알겠느냐?"

이득춘은 집으로 돌아와 부인과 이시백을 불러 임금의 말을 전했다. 그는 이시백을 크게 꾸짖었다.

"내가 뭐라고 했느냐. 덕 있는 사람을 박대하지 말라고 분명히 이르지 않았느냐? 그런데도 너는 내 말을 조금도 들으려 하지를 않는구나. 임금께서도 이 사실을 알게 되다니 내가 얼굴을 들 수 없다. 너는 어찌하여 이리도 불효를 한단 말이냐?"

"죄송합니다. 다 제 잘못입니다. 앞으로 다시는 그러지 않겠습니다."

이득춘의 화는 가라앉을 줄을 몰랐다.

"네가 앞으로도 아내를 멀리하며 박대한다면 집안에 큰 불운이 닥칠 것이다. 앞으로 이런 일이 절대 없도록 해라. 부인도 들으시오. 다시는 내 귀에 흉흉한 이야기가 들리지 않게 하시오. 어른으로서 모범을 보이지 않는다면 그 뒤의 일은 각오해야 할 것이오."

부인과 이시백은 잘못을 빌며 자리에서 물러났다.

이득춘은 이날부터 임금이 내려 준 쌀로 밥을 지어 박씨의 방에 들였다. 다른 사람도 아닌 임금이 관심을 갖고 보살펴 주니, 집안 사람 그 누구도 감히 박씨를 함부로 대하지 못했다. 이득춘도 전보다 며느리를 더 아끼고 보살폈다.

●

과연 그곳에는 온갖 나무들이 무성하게 자라 있었다.

주위에는 구름과 안개가 자욱이 피어났고, 어디선가 쓸쓸한 바람이 불어왔다.

작은 집의 문에는 '피화당(避禍堂)'이라는 현판이 붙어 있었다.

●

삼백 냥 망아지를
삼만 냥 천리마_로 만들어 드리지요

어느 날 박씨가 계화에게 일렀다.

"대감께 가서 드릴 말씀이 있다고 전해라."

계화가 대감에게 아뢰자 이득춘이 급히 박씨가 머무르는 곳을 찾았다.

"그래, 무슨 일이냐?"

"예. 간밤에 가만히 생각하니 집안 살림이 그다지 여유롭지 못한 것 같습니다. 조금이나마 도움이 될까 하여 생각해 둔 것이 있습니다."

"그 뜻은 참으로 고맙다. 하지만 가난하고 부귀한 건 모두가 하늘의 뜻이니, 어찌 사람의 힘으로 되겠느냐?"

이득춘은 고개를 갸우뚱했으나 박씨는 자신 있게 말했다.

"제 이야기를 들어 보십시오. 내일 종로에 제주도 말이 많이 올 것입니다. 그중에 병들고 털이 심하게 빠진 망아지 한 마리가 눈에 띌 것입니다. 하인을 시켜서 그 말을 삼백 냥 주고 사 오게 하시옵소서."

박씨의 말을 들은 이득춘은 의아했지만 며느리의 재주를 아는지라 그대로 따르기로 했다. 분부를 받은 하인들은 저마다 이상하게 생각하며 서로 속닥거렸다.

"아니, 대감께선 어떻게 내일 제주도 말이 올 줄 알고 이런 명령을 내리시지?"

"그러게 말이야. 제주도 말이 왔다고 쳐 보세. 병들고 털이 빠진 망아지를 굳이 삼백 냥이나 주고 사 오라 하시는 이유는 또 무언가."

"참말로 모를 일이야."

다음 날 하인들은 삼백 냥을 가지고 종로에 나갔다. 그곳에는 정말로 말들이 많이 와 있었다. 그리고 그중에 박씨의 말과 꼭 들어맞는 망아지가 있었다. 값을 묻자 말 주인이 대답했다.

"다섯 냥이오."

하인이 난처한 표정으로 말했다.

"아, 그런가……. 우리 대감께서 삼백 냥을 주고 사 오라 하셨다네."

그 말을 들은 말 주인은 어이없어하며 웃었다.

"아니, 다섯 냥 가치밖에 하지 않는 말을 사면서 삼백 냥을 내면 어찌하는가?"

이렇게 거절하는 것이었다. 주위 사람들도 비웃었다.

"참으로 희한한 사람일세. 가장 쓸모없는 말을 삼백 냥이나 주고 사려 하다니, 원……."

"하여간 난 비싸게 말을 사 오라는 분부대로 할 뿐이라네. 에잇, 그러면 백 냥만 받게."

하인은 도리어 무안해서 백 냥만 주고, 이백 냥은 자기 옷 속에 감추었다.

하인이 끌고 온 망아지를 보더니, 조용히 박씨가 대감에게 말했다.

"이 말은 원래 삼백 냥인데 백 냥만 주었습니다. 나머지 이백 냥은 하인이 몰래 가졌지요. 남은 돈을 마저 말 주인에게 주도록 이르십시오."

대감이 하인에게 자초지종을 물으니 과연 사실이었다.

"네 이놈! 분명 삼백 냥을 주고 사 오라 했는데 백 냥만 주었구나. 내가 모를 것 같더냐?"

하인은 대감의 불호령에 깜짝 놀랄 따름이었다.

"상전을 속인 죄는 내 잊지 않으리라. 어서 가서 감춘 돈 이백 냥을 마저 주고 오너라. 이번에도 어긴다면 목숨을 지키기 어려울 것이다."

하인은 급히 둘러댔다.

"삼백 냥을 주려 했지만 주인이 다섯 냥밖에 안 한다기에, 백 냥만 주고 나머지 이백 냥은 제가 챙겼습니다. 정말 죽을죄를 지었습니다!"

대감에게 혼난 하인은 부리나케 뛰어가 나머지 이백 냥도 주었다. 박씨가 하인들에게 일렀다.

"한 끼에 쌀 석 되, 보리 석 되, 참깨 석 되를 먹여 이 망아지를 잘 기르도록 하라. 삼 년 뒤에 분명 좋은 일이 있을 것이다."

한편 아버지에게 호되게 혼났던 이시백은 어쩔 수 없이 박씨의 방에 들어갔다. 그렇지만 여전히 아내의 얼굴이 보기 싫었다. 그는 아내와 눈을 마주치지 않으려고 늘 벽만 보고 앉아 있다가 방을 나왔다.

어느 날 박씨는 계화를 불러 말했다.

"뒤뜰을 꾸미는 건 어떻게 되어 가고 있느냐?"

"예, 말씀하신 대로 흙을 준비해 놓았습니다."

"그래. 수고했다. 내 직접 가 보마."

박씨는 뒤뜰로 향했다. 그곳에는 이득춘이 마련해 주었던 아담한 집이 한 채 놓여 있었다. 박씨는 그 주위에 푸른색, 흰색, 붉은색, 검은색의 흙을 뿌리고 나무를 심었다. 그 위에 물을 주니 얼마 지나지 않아 나무들이 무성하게 자랐다.

하루는 이득춘이 계화에게 물었다.

"요즘 너의 아씨는 무슨 일을 하느냐?"

"뒤뜰에 나무를 심고 저에게 물을 주도록 하십니다."

궁금하게 여긴 이득춘은 계화를 따라 뒤뜰로 가 보았다.

과연 그곳에는 온갖 나무들이 무성하게 자라 있었다. 마치 용과 호랑이가 서로의 머리와 꼬리를 얽고 움직이는 듯한 그 모습은 신기하고 오묘했다. 나뭇가지와 잎사귀 역시 다양한 빛으로 변하면서 조화를 이루었다. 주위에는 구름과 안개가 자욱이 피어났고, 어디선가 쓸쓸한 바람이 불어왔다.

작은 집의 문에는 '피화당(避禍堂)'이라는 현판이 붙어 있었다. 대감이 박씨에게 물었다.

"이 나무들은 다 무엇이냐?"

"행복과 불행은 사람이 살면서 늘 겪는 일입니다. 나중에 불행한 일을 만나도 이 나무들을 통해 피할 수 있을 것입니다."

"집 이름을 피화당이라 한 것도 불행한 일과 관련이 있느냐?"

"그렇습니다."

이득춘은 깜짝 놀라 물었다.

"그래, 그 불행한 일이라는 게 뭐냐?"

"죄송하지만 더는 묻지 마옵소서. 하늘의 뜻을 누설할 수 없으니, 때가 되면 자연히 아실 것입니다."

대감은 탄식하듯 말했다.

"안타깝구나. 너는 진실로 영웅호걸이로다. 남자로 태어났으면 무슨 일을 하지 못했겠느냐. 불효자식인 내 아들이 어리석어서 너를 알아보지 못한다. 내 나이 이제 육십이라. 내가 곧 죽으면 누가 너를 보살펴 줄까 참으로 걱정이구나."

박씨는 도리어 대감을 위로했다.

"제가 못난 데다 부족한 점이 많은 탓이니, 어찌 남을 원망하겠습니까. 남편이 어서 벼슬길에 올라 부모님께 효도하고 나라에 충성하길 바랄 뿐입니다. 그리고 이름난 가문의 어여쁜 여인을 얻어 자식을 낳는다면 저는 죽어도 여한이 없습니다."

며느리의 말을 들으며 대감의 마음은 답답해졌다. 어느덧 해는 뉘엿뉘엿 서쪽으로 저물고 있었다.

망아지를 기른 지 삼 년이 되었다. 비실비실했던 망아지는 어느덧 어엿한 말로 훌륭하게 자라 있었다. 몸통은 용, 머리는 호랑이 같았고, 걸음은 하늘의 구름처럼 가벼워 보였다. 처음에 볼품없던 망아지라고는 아무도 생각지 않을 정도였다.

박씨가 이득춘에게 여쭈었다.

"아무 달 아무 날에 중국에서 사신이 올 것입니다. 그때 이 말을 서대문 밖에 매어 두십시오. 사신이 당장 이 말을 사려고 할 것입니다. 말값을 물으면 삼만 냥이라고 하옵소서."

"삼만 냥이라……. 가격이 너무 과하지 않은가?"

"이 말은 보통 말이 아닙니다. 조선은 수천 리밖에 되지 않지만 중국은 수만 리에 이르니, 이 말은 중국에서밖에 쓸 곳이 없습니다. 값이 높든 낮든 말을 사려고 할 것이니, 그렇게 하십시오. 삼만 냥은 오히려 적게 받는 것입니다."

대감은 감탄하며 그대로 따르기로 했다.

과연 박씨의 말대로 중국에서 사신이 왔다. 사신은 서대문 밖에 매어 놓은 말을 보더니 깜짝 놀라 말의 주인을 찾았다.

"얼른 이 말의 주인을 찾아오거라!"

곧 이득춘의 하인이 나아가 고개를 조아리자 사신이 말했다.

"이 말을 팔겠느냐?"

"예. 팔려고 했지만 사겠다는 사람이 없어서 그동안 팔지 못하였습니다."

"얼마인가?"

"삼만 냥입니다."

"말을 보아하니 삼만 냥이면 오히려 싼 편이구나."

그가 곧바로 삼만 냥을 내어 주었다.

이득춘은 며느리를 칭찬하며 그 재주에 거듭 감탄했다.

●

"사람의 행복과 불행은 모두 하늘에서 정해 주는 것이다.

나 같은 사람이 이런 일을 당한다 해서 무슨 한이 있겠느냐."

무슨 말을 해야 할지 알 수 없는 계화는 그저 묵묵히 들을 뿐이었다.

●

이 **연적**을 쓰시면
1등이라 전해라

    평화로운 시절이 이어졌다. 농사도 풍년이어서 백성들은 만족해하며 하루하루를 보냈다.

    어느 날 나라에서 인재를 구하는 과거 시험을 열었다. 수많은 사람들이 시험을 보러 몰려들었다. 이시백도 과거 시험을 볼 생각이었다.

    시험 전날 밤, 박씨는 꿈을 꾸었다. 연못 한가운데서 용 한 마리가 연적*을 물고는 박씨의 방으로 들어오는 게 아닌가.

    잠에서 깬 박씨는 이게 보통 꿈이 아니라는 생각이 들어, 직접

---

* **연적** 벼루에 먹을 갈 때 쓰는, 물을 담아 두는 그릇.

연못가에 가 보았다. 과연 그곳에 연적 하나가 눈에 띄었다. 연적
은 푸른빛의 알 수 없는 기운을 내뿜고 있었다.

　다음 날 아침, 박씨는 계화를 보내 서방님을 잠깐 모셔 오라고
전했다. 하지만 이시백은 계화를 보며 펄쩍 뛰었다.

　"감히 날 찾는다고? 남자가 과거 보러 가는데 못생긴 계집이 무
슨 일이 있다고 갈 길을 막느냐? 참으로 괘씸하구나!"

　이시백은 펄펄 뛰며 계화를 크게 꾸짖었다. 계화는 끝까지 설득
했지만, 이시백은 그럴수록 길길이 날뛸 뿐이었다. 급기야는 하인
들을 시켜 계화에게 매질을 했다. 계화는 서른 대나 맞고 피화당으
로 돌아왔다.

　"아아, 죄 없는 네가 나 때문에 매를 맞았구나."

　박씨는 크게 탄식하고는 편지를 썼다.

이 연적에 물을 담아 글을 쓰시면 과거에 급제할 것입니다.
출세하셔서 이름을 떨치고 부모님께 효도하여
가문을 빛내소서. 그 뒤에 저처럼 못난 것은
생각하지 마시고, 부디 이름난 가문의
어여쁜 여인을 얻어 평생 사십시오.

박씨는 계화를 시켜 이러한 내용의 편지를 연적과 함께 남편에게 전하게 했다.

편지를 읽은 이시백은 속으로 생각했다.

'내가 너무 지나쳤구나. 아무 잘못 없는 계화를 때리기까지 했으니……. 게다가 이렇게 귀한 연적을 보낼 줄이야…….'

미안한 마음이 든 이시백은 연적을 가지고 시험장으로 향했다. 그는 박씨에게 받은 연적의 물을 벼루에 따르고 먹을 갈았다. 곧 시험 문제가 발표되었고, 이시백도 붓을 잡았다. 웬일인지 단숨에 글이 쭉쭉 쓰였다. 한 글자도 고칠 곳 없는 훌륭한 문장이었다.

이시백은 가장 먼저 답안지를 제출하고 과거장을 나섰다.

얼마 뒤 합격자 발표가 났다.

"이번 시험의 장원 급제는 이시백이오!"

주변이 사람들의 함성으로 가득했다.

이시백은 궁궐로 나아가 임금께 무릎을 꿇고 인사를 드렸다. 임금 역시 이시백의 재능을 크게 칭찬하며 술을 내렸다.

장원 급제자가 집으로 돌아오는 길은 화려했다. 머리에 꽃을 꽂고 금과 옥으로 된 띠를 두른 이시백의 모습이 찬란하게 빛났다. 주위에선 풍악을 울려 한성을 떠들썩하게 만들었다. 사람들은 이시백을 두고 칭찬을 아끼지 않았다.

　　모두가 잔치하듯 즐거운 이때에도 박씨는 피화당 깊은 곳에 홀
로 앉아 있었다. 계화가 박씨를 보며 안타까워하자 박씨가 말했다.

　　"사람의 행복과 불행은 모두 하늘에서 정해 주는 것이다. 자고
로 훌륭한 임금도 신하에게 죽임을 당하고, 재능 있는 신하 역시
감옥에 갇히는 일이 많았다. 공자님 같은 성인도 수많은 어려움을
겪었다. 하물며 나 같은 사람이 이런 일을 당한다 해서 무슨 한이
있겠느냐."

　　무슨 말을 해야 할지 알 수 없는 계화는 그저 묵묵히 들을 뿐이
었다.

하루는 박씨가 대감에게 여쭸다.

"제가 시집온 지 벌써 삼 년이 지났습니다. 그동안 친정 소식을 듣지 못하였으니, 잠깐 다녀오도록 허락해 주십시오."

"네 말이 맞다. 응당 그리해야지. 하지만 금강산 길이 멀고도 험한데, 여자의 몸으로 갈 수 있겠느냐?"

"짐을 꾸릴 것도 없습니다. 저에게 이틀만 주시면 금세 다녀오겠습니다."

대감은 의아하게 여겼으나 며느리의 신기한 재주를 알기에 허락했다.

다음 날, 날이 밝자마자 박씨는 집을 나섰다. 문밖으로 두어 걸음 갔나 싶더니 어느새 자취도 알 수 없었다.

그로부터 이틀 뒤, 박씨는 집으로 돌아와 친정에 잘 다녀왔다고 여쭈었다.

"저희 집에는 별일이 없습니다. 제 아버님께서 며칠 뒤 이곳에 온다고 하셨습니다."

이득춘은 크게 기뻐하며 술과 안주를 준비하고 기다렸다.

사흘 뒤였다. 문득 피리 소리가 들리면서 구름이 밝게 빛났다. 그러더니 백학을 탄 박 처사가 공중에서 내려왔다. 이득춘은 박 처사를 반갑게 맞았다. 둘은 오랜만에 서로 마음을 터놓고 이야기를 나누었다.

"제가 못난 자식을 두어, 덕 있는 며느리를 슬픔 속에 지내게 했습니다. 모두가 제 탓입니다. 사돈을 대할 면목이 없습니다."

그러자 박 처사는 껄껄 웃으며 말했다.

"면목이 없다니요. 못난 제 딸아이를 사돈께서 여태껏 잘 보살펴 주셨으니, 진심으로 감사할 따름입니다. 제가 도리어 부끄럽습니다."

둘은 서로에게 술과 안주를 권하며 바둑과 퉁소를 즐겼다.

다음 날 박 처사가 딸을 불러 말했다.

"드디어 오늘에야 너의 좋지 않은 운수가 다했다. 이제는 허물을 벗을 수 있을 것이다."

박씨는 기쁨의 눈물을 흘릴 뿐 아무 말도 하지 못했다.

박 처사는 닷새를 머문 뒤 이득춘에게 작별을 고했다.

"이제 가시면 언제 다시 뵐 수 있습니까?"

"사람의 만남과 이별은 정해진 것이 있으니 아마도 다시 보긴 어려울 듯합니다. 부디 건강하게 오래도록 사시옵소서."

이윽고 공중에서 구름이 빛났다. 박 처사가 하늘로 솟아오르더니 아득히 퉁소 소리만 들리고 어디로 갔는지 알 수 없었다.

●

박씨는 완전히 변해 있었다.

천하제일의 미인으로 일컬어지던 중국의 서시와 양귀비도

박씨의 아름다움에는 견줄 수 없을 정도였다.

●

꽃같이 아름다운
그대 앞에 고개를 들 수 없다오

달도 잠들 만큼 깊은 밤이었다. 박씨는 깨끗이 목욕하고 하늘을 향해 정성스럽게 기도를 올렸다. 그러고는 다소곳이 방에 앉아 주문을 외웠다. 시간은 더디게 흘렀고, 이마에는 땀방울이 하나둘 맺혔다.

'툭—.'

어디선가 적막을 깨는 소리가 났다. 그 순간, 방에 환한 빛이 일렁이며 알 수 없는 기운이 박씨의 주위를 감쌌다. 곧 머리에서 발끝까지 박씨의 피부 하나하나가 떨어져 나갔다. 마치 뱀이 허물을 벗은 것처럼, 그녀의 흉측한 외모는 껍데기가 되어 바닥에 뒹굴고 있었다.

'이제야 하늘이 준 시련이 끝났구나.'

박씨는 가만히 눈을 감았다. 방에는 다시 적막만이 흐를 뿐이었다.

다음 날 아침, 박씨는 계화를 불렀다. 계화가 방문을 열자 아찔할 정도로 진한 꽃내음이 한가득 풍겼다.

"어머나…… 세상에! 마님, 이게 도대체 어찌 된 일인가요!"

계화는 박씨의 모습을 보고 소스라치게 놀랐다.

박씨는 완전히 변해 있었다. 보름달처럼 깨끗한 얼굴에 이슬처럼 맑은 눈을 가진 여인이 되었다. 또한 오뚝한 코와 앵두 같은 입술은 한 송이 꽃떨기처럼 아름답게 빛났다. 천하제일의 미인으로 일컬어지던 중국의 서시와 양귀비도 박씨의 아름다움에는 견줄 수 없을 정도였다.

"놀라지 말거라. 내 간밤에 허물을 벗었으니, 대감께 여쭈어 옥함을 만들어 달라고 하여라."

박씨가 차분하게 말했다.

"아…… 마님! 이게 꿈인지 생시인지 믿을 수가 없습니다."

"너무 들뜨지 말거라. 어서 가서 대감께 아뢰어라."

"예! 지금 곧바로 말씀드리겠습니다."

계화는 기쁜 마음으로 이득춘에게 갔다.

"네 무슨 일이 있기에 그리 허겁지겁 달려오느냐?"

이득춘의 물음에 계화는 밝은 표정으로 답했다.

"어서 피화당으로 가시옵소서. 부인께 기적과도 같은 일이 일어났습니다."

이득춘은 계화를 따라 피화당으로 향했다. 전에 없던 향기가 코를 스쳤다. 이윽고 박씨를 본 이득춘은 얼음처럼 굳어 버렸다.

"이럴 수가, 이럴 수가……."

"제가 간밤에 허물을 벗었습니다. 옥함을 짜 주시면 허물을 싸서 좋은 땅에 묻고자 합니다."

완전히 달라진 박씨를 보며 이득춘은 입을 다물 수 없었다. 그는 피화당을 나와 곧바로 옥함을 만들어 들여보내고, 집안 식구들에게도 이 사실을 전했다.

박씨가 어떻게 변했는지 궁금해진 집안사람들은 앞다투어 피화당으로 달려가 보았다. 정말로 옥같이 고운 얼굴과 꽃같이 아름다운 모습을 한 박씨가 다소곳이 앉아 있었다. 다들 그 모습에 감탄할 뿐이었다.

"이게 정말 박씨 부인이 맞단 말인가?"

"세상에! 너무나 아름답도다!"

"사람이 아니라 선녀로구나, 선녀!"

이시백 역시 소식을 듣고 피화당으로 달려갔다. 문틈으로 엿보

니 박씨는 방 한가운데에 단정하고 꼿꼿한 자세로 앉아 있었다.

'내가 알던 부인이 아니구나! 그야말로 세상에 둘도 없는 미인이 되었구나!'

이시백의 가슴은 벅차올랐지만 마냥 좋아할 수만은 없었다. 그동안 아내를 박대했던 일이 생각나 마음이 뜨끔거렸기 때문이다. 이시백은 문밖에서 한참을 주저하다 결국 들어가지 못하고 피화당을 나왔다.

이득춘이 물었다.

"네 아내를 보았느냐?"

아버지의 물음에 시백은 부끄러워 아무 말도 할 수 없었다. 차마 아내에게 말을 걸 용기가 나지 않았다.

날이 저물자 이시백은 피화당으로 발걸음을 옮겼다. 박씨는 촛불을 밝히고 차분히 앉아 있었다. 그런 모습에서 위엄마저 느껴졌다. 아내의 모습에 압도되어 이시백은 도저히 방 안으로 들어갈 엄두를 내지 못했다.

'아, 이를 어쩌나…… 들어가야 하는데…….'

하지만 아내를 마주할 생각만 해도 저절로 얼굴이 붉어지고, 가슴이 답답해 숨도 쉴 수 없었다.

이시백은 겨우 한 발짝 방 안으로 발을 들여놓았다. 박씨는 조금도 움직이지 않고 묵묵히 앉아 있었다. 이시백은 뭐라 말을 하고 싶었지만 입이 떨어지지 않았다. 두근거리는 가슴을 부여잡고, 이러지도 저러지도 못한 채 꿀 먹은 벙어리처럼 박씨의 눈치만 살폈다. 이시백의 머릿속에는 예전에 그녀를 무시했던 기억이 스쳐 지나갔다. 아내에게 부끄럽고 미안한 마음뿐이었다. 지금 그녀의 마음이 어떨지 도통 짐작조차 할 수 없었다.

한편 박씨는 이러지도 저러지도 못하는 남편을 보며 우스운 마음이 들었다. 그녀는 남편을 못 본 체하며 입을 굳게 다물었다.

결국 이렇게 밤이 지나고 날이 밝았다. 이시백은 마지못해 바깥으로 나가 부모님께 문안 인사를 드렸다. 사정을 모르는 이득춘 내외는 기쁜 마음으로 인사를 받았다.

이시백은 아침밥을 먹고 다시 피화당으로 갔다. 또다시 방 안으로 들어가지 못하고 근처를 서성이며 다짐했다.

'오늘 밤에는 반드시 잘못을 빌어야겠다.'

이시백은 해가 지기만을 기다렸다.

그날 저녁이 되자 이시백은 옷차림을 단정히 하고 피화당으로 들어갔다. 하지만 떨리는 마음은 어제와도 같았다. 눈앞에 앉은 박씨가 마치 천 리나 떨어져 있는 듯 멀게만 느껴졌다. 말 한마디 건네지 못한 채, 이시백은 박씨의 얼굴을 빤히 바라보며 밤을 보내야 했다.

여러 날 동안 이런 일이 반복되었다. 이시백은 병에 걸린 듯 음

식도 제대로 먹지 못하고, 하루하루 초췌해졌다. 이렇게 된 이유를 다른 사람들에게 차마 말할 수도 없었다. 사람들은 까닭도 모르고 이시백의 병이 깊어지는 것을 걱정할 뿐이었다.

하루는 박씨가 계화에게 이시백을 불러오도록 했다. 자리에서 급히 일어난 이시백은 피화당으로 부리나케 달려갔다.

박씨가 말했다.

"남자는 무릇 글공부에 힘쓰고, 부모를 받들며, 아내를 현명하게 거느려 집안을 세워야 합니다. 그런데 서방님은 다만 아름다운 것만 생각해 저를 흉물스럽게 보고 인간으로 여기지 않았습니다. 그러면서 어찌 사람이 지켜야 할 도리를 말하며 부모께 효도하겠습니까?"

묵묵히 듣고 있던 이시백이 고개를 떨궜다. 입이 열 개라도 변명할 말이 없었다. 박씨는 공손하면서도 당당했다.

"예전 일을 생각하면 저 역시 마음이 아픕니다. 하지만 누구나 실수를 할 수 있으니, 이번 한 번만 용서하고자 합니다. 다시는 이런 일이 없도록 하소서."

이에 이시백은 고개를 들고 아내를 보며 말했다.

"내가 어리석어 부인을 슬프게 하였소. 돌이켜 생각하니 후회만 가득할 뿐이오. 부인이 이렇듯 화를 풀어 주니 정말 고맙구려."

박씨는 옅은 미소를 짓고 이불을 펼치며 말했다.

"이 이불은 시집와서 처음 펴 보네요."

그날 밤 박씨와 이시백은 처음으로 다정하게 한곳에서 밤을 보냈다. 부부가 오래도록 그리던 시간을 함께하니 그 즐거움은 말로 표현할 수 없었다.

●

"제가 함께 가면 누가 부모님을 모시겠습니까?

저는 이곳에서 부모님을 섬기겠습니다.

서방님은 평안도 감사로 가셔서 부디 나라에 충성하시기 바랍니다."

●

화창한 봄날에
즐거움을 누려 보시지요

어느 화창한 봄날이었다. 박씨는 이웃 여인들과 함께 꽃구경을 가기로 했다. 아침 일찍부터 다들 흥겨운 마음으로 술과 안주, 갖가지 음식들을 마련해 모였다.

저 멀리서 계화를 앞세운 화려한 가마가 오고 있었다. 박씨가 가마에서 내리자 모든 부인들의 시선이 그쪽을 향했다. 옷을 곱게 차려입은 박씨에게서 환한 빛이 났다.

"허, 아름다움에 눈이 부시구나."

"사람이 아니로다. 선녀야, 선녀!"

다들 박씨를 보며 감탄을 거듭했다.

곧 박씨와 여러 여인들은 꽃나무 아래에서 흥겨운 술자리를 벌였다.

분위기가 무르익을 무렵, 문득 박씨가 말했다.

"제가 재미있는 것을 보여 드리지요."

그러더니 술잔을 기울여 치마를 적시는 것이다. 신기하게도 치마는 금세 붉은색으로 물들었다. 박씨는 치마를 벗어 계화에게 주었다.

"불에 태우거라."

계화가 치마를 불 속에 넣고 태웠다. 박씨가 다시 말했다.

"이제 재를 털고 치마를 가져오너라."

계화가 박씨의 말대로 치마의 재를 툭툭 털자 그 빛깔이 한층 곱고 황홀했다.

"더욱 색이 고와졌네요!"

"대체 어찌 된 일이지요?"

박씨가 말했다.

"이 비단은 화완포라 합니다. 이것은 물로 씻지 못하고 오직 불로 씻어야만 하지요. 불 쥐의 털로 짠 비단이기 때문입니다. 인간 세상에는 없고 오직 신선 세계에만 있답니다."

여러 부인들이 다시 물었다.

"그러면 입으신 저고리는 무슨 비단입니까?"

"빙잠단이라 합니다. 저의 아버님께서 용궁에 가 얻어 온 것이지요. 이것은 물에 넣어도 젖지 않고, 불에 넣어도 타지 않습니다. 사람의 솜씨로는 만들 수 없고 용궁에서만 만들 수 있지요."

부인들은 그 말에 신기해했다. 그러고는 다른 멋진 것들도 보여 달라고 앞다투어 청했다.

잠시 뒤 박씨는 술잔을 들더니 금으로 만든 비녀를 뽑아 술잔 가운데를 죽 그었다. 그러자 술이 절반으로 나뉘었다. 박씨가 한쪽만 마시고 잔을 내려놓으니, 다른 쪽은 칼로 벤 듯이 그대로 남아 있었다. 다들 크게 놀라며 박씨의 재주에 감탄했다.

어느덧 해가 저물고 동녘에 달이 떠올랐다. 부인들은 모처럼의 즐거운 만남을 끝내고 모두 집으로 돌아갔다.

　세월이 흘러 이시백은 평안도 감사로 임명되었다. 먼저 이시백은 사람을 불러 꽃가마를 만들기로 했다. 그 모습을 보고 박씨가 물었다.
　"꽃가마를 만들어 어디에 쓰려 하십니까?"
　"부인과 함께 평안도로 가려고 하오."
　박씨는 고개를 저었다.
　"대장부는 벼슬길에 올라 이름을 떨쳐 부모님을 명예롭게 하고, 나라에 충성해야 합니다. 하지만 옛말에 임금 섬기는 날은 많고 부모 섬기는 날은 적다 하니, 제가 함께 가면 누가 부모님을 모시겠습니까? 저는 이곳에서 부모님을 섬기겠습니다. 서방님은 평안도 감사로 가서서 부디 나라에 충성하시기 바랍니다."
　이시백은 크게 감격했다.
　"부인의 말씀이 옳소. 부디 그대는 집안을 편안케 하고 부모님을 잘 모시길 바라오."

　홀로 평양으로 떠난 이시백은 백성을 위해 일했다. 그는 어려운 사람들의 고통을 널리 헤아리고, 탐관오리를 쫓아내 백성들로부터 칭찬받았다. 임금은 이시백을 기특히 여겨 국방을 맡는 으뜸 벼슬

인 병조 판서에 임명했다.

　　당시 조선의 북쪽에 살던 오랑캐들은 이웃 나라와 전쟁을 하는 중이었다. 다급한 오랑캐들은 명나라에 군사를 보내 달라고 요청해 왔다. 명나라 황제가 어떻게 해야 할지 고민하자, 승상이 말했다.

　　"비록 오랑캐라지만 저들도 전쟁을 빨리 끝내고 평화롭게 살고자 하니 돕는 것이 좋겠습니다. 마침 조선에 있는 이시백과 임경업이 뛰어난 영웅으로 이름이 나 있사옵니다. 이들로 하여금 오랑캐들을 돕도록 하소서."

　　이에 이시백과 임경업은 오랑캐를 돕고 나라를 구했다.

　　사람들은 승리를 거두고 당당히 돌아온 둘을 기쁘게 맞이했다. 임금 역시 크게 칭찬하며 금은보화를 내리고 이시백을 우의정에 임명했다. 또한 임경업을 도원수, 즉 총사령관에 임명하여 평안북도의 국경 도시인 의주를 지키게 했다.

●

"서방님. 며칠 안으로 한 여인이 찾아올 것입니다.

그 여인을 반드시 피화당으로 보내소서.

그 여인은 분명 서방님을 유혹하며 품에 안기고자 할 것입니다.

그러나 그렇게 하면 큰 화를 당할 것이니 저의 말을 명심하시기 바랍니다."

●

청나라에서 보낸
미모의 자객이라고?

　　조선의 도움을 받았던 오랑캐는 날이 갈수록 세력이 커졌다. 마침내 누르하치라는 자가 여진족을 통합하고 후금이라는 나라를 세우기에 이르렀다. 그의 여덟 번째 아들 홍타이지는 제2대 황제의 자리에 올라, 나라 이름을 청(清)이라 정하고 주변 국가를 하나하나 제압해 갔다.

　　이들은 이제 명나라를 넘볼 정도로 성장했다. 심지어 명나라 대신 자신에 복종하라고 조선에 요구해 왔다. 조선은 단호히 거부했지만, 청은 자꾸 국경을 넘어와 조선을 위협했다. 다행히 임경업 장군이 북쪽의 의주를 지키고 있어 큰 탈은 없었다. 임경업의 용맹함이 두려움에 떨게 했기 때문이다.

어느 날 청나라 황제가 신하들을 불러 모았다.

"나는 이제 조선을 치고자 한다. 그러나 우리나라에는 임경업을 상대할 만한 장수가 없구나. 어찌하면 그를 꺾고 조선을 공격할 수 있겠느냐?"

여러 신하들은 고개를 숙인 채 그저 묵묵히 있을 뿐이었다. 그때 청나라의 황후가 입을 열었다. 그녀는 앉아서 천 리를 내다보고, 서서 만 리 밖의 일을 알 만큼 신통한 인물이었다.

"제가 하늘의 기운을 살펴보니 조선에 저보다도 뛰어난 능력을 가진 인물이 있습니다. 임경업을 없애더라도 그 인물이 살아 있는

한, 조선을 치긴 어려울 듯합니다."

"허어, 진정 그렇다면 그를 없애야 하지 않겠소?"

"방법이 있습니다. 조선 사람들은 유난히 미녀를 밝힌다지요. 그러니 외모가 예쁘고 말을 잘하며, 검술이 뛰어난 미녀 자객을 보내 그 인물을 죽이면 될 것 같습니다."

황후는 자신만만하게 말했다.

"그렇구려. 그럼 누구를 보내야 좋겠소?"

"마침 저에게 기홍대라는 부하가 있사옵니다."

청나라 황제는 즉시 기홍대를 불렀다.

"네가 기홍대로구나."

"예, 폐하."

"나라의 운이 달린 중요한 일이다. 이번 일이 성공하면 부귀영화를 누리게 되리라."

"성은이 망극하옵니다. 임무를 꼭 완수하겠나이다."

이번에는 황후가 기홍대를 불러 이야기했다.

"즉시 조선에 있는 우의정 이시백의 집을 찾아가라. 그곳에 가면 누구를 죽여야 할지 알 수 있을 것이다. 또한 일을 완수하고 돌아오는 길에 의주에 있는 임경업도 죽이도록 하라."

"예. 명심하겠습니다."

미녀 자객은 성공을 꿈꾸며 한 발 한 발 조선으로 향했다.

이때 박씨는 피화당에 앉아 있었다. 그녀는 하늘의 별이 흔들리는 것을 보며 좋지 않은 일이 생길 것을 직감했다. 박씨는 남편에게 가서 말했다.

"서방님. 며칠 안으로 한 여인이 찾아올 것입니다. 그 여인을 반드시 피화당으로 보내소서."

"도대체 어떤 여인이기에 그렇소?"

이시백은 의아한 표정으로 아내를 쳐다보았다.

"때가 되면 자연히 알게 될 것입니다. 그 여인은 분명 서방님을 유혹하며 품에 안기고자 할 것입니다. 그러나 그렇게 하면 큰 화를 당할 것이니 저의 말을 명심하시기 바랍니다."

박씨는 옆에 있는 계화에게도 당부했다.

"너는 즉시 술을 빚도록 해라. 독한 술과 순한 술을 따로 빚어야 한다. 곧 내가 어떤 여인과 술을 함께할 것이다. 그때 너는 그 여인에겐 독한 술을 주고, 나에게는 순한 술을 주어야 한다. 잊지 말고 반드시 말한 대로 하여라."

며칠 뒤 이시백이 홀로 마루에 앉아 있는데, 문득 한 사람이 들어와 엎드려 절했다. 한눈에 보아도 너무나 아름다운 여인이었다.

"그대는 누구인가?"

"소녀는 시골에 사는 천한 기생이옵니다. 얼마 전 서울 구경을

왔다가 감히 이 집에 들어오게 되었습니다."

"기생? 시골에 산다 하였는데, 어디에 살며 이름은 무엇이냐?"

"제 이름은 풍매라 하옵니다. 경상도 문경 출신이온데, 어릴 적에 부모님을 잃고 여기저기 돌아다니다가 기생이 되었습니다."

이시백은 여인을 찬찬히 살펴보았다. 오뚝한 콧날에 새빨간 입술, 초롱초롱한 눈망울은 남자의 마음을 뒤흔들기에 충분했다.

'아…… 참으로 곱도다.'

앞에 선 아리따운 여인에게 빠져들려는 순간, 이시백의 머릿속을 스치는 생각이 있었다.

'맞다. 아내가 분명 어떤 여인이 내게 찾아올 거라 했지.'

이시백은 자세를 고쳐 앉고 여인에게 말했다.

"멀리서도 왔구나. 오늘은 일단 피화당으로 들어가 편히 쉬어라. 내 다시 너를 부르겠다."

그러자 여인이 말했다.

"어찌 홀로 머물 수 있습니까? 전 기생의 몸이니, 오늘 밤 대감님을 모시고 함께 지내고자 합니다."

"이것 참 안타깝구나. 마침 내가 급히 처리해야 할 나랏일이 있다. 내 다시 너를 부를 테니 일단 오늘은 편히 쉬어라."

이시백은 즉시 계화를 불러 분부를 내렸다.

"이 여인을 피화당에 모시도록 해라."

여인은 어쩔 수 없이 계화를 따라 피화당으로 갔다. 그곳에 머물던 박씨는 반갑게 여인을 맞이하며 이시백이 그랬듯 이것저것 물어보았다. 여인은 아까와 똑같이 답하였다.

박씨가 미소 지으며 말했다.

"그대의 고운 모습을 보니 보통 사람이 아닌 것 같네."

박씨는 곧바로 계화에게 명했다.

"손님이 오셨으니 맛있는 걸 대접해야겠구나. 어서 술과 안주를 가져오너라."

계화는 술과 안주를 갖추어 왔다. 그러고는 박씨가 미리 이른 대로 독한 술은 여인 앞에, 순한 술은 박씨 앞에 놓았다.

"자, 멀리서 오셨는데 한 잔 받으시오."

"감사하옵니다."

술잔이 돌고 돌았다. 여인이 문득 생각했다.

'아까 만난 이시백이란 자는 별다른 재주가 없는 인물이다. 그러나 이 여인은 뭔가 다르다. 술 마시는 것마저 기품이 느껴진다. 분명 조선의 영웅임이 틀림없다. 내 오늘 밤 이 부인의 목숨을 빼앗으리라.'

그러나 여인이 마신 술은 무척이나 독했다. 어느덧 술기운이 몰려오면서 몸을 가눌 수 없게 되자 여인이 말했다.

"오랜만에 술을 마셨더니 피로가 몰려옵니다. 죄송하지만 조금만 누워 있어도 되겠습니까?"

그러자 박씨는 흔쾌히 답했다.

"그야 물론이네. 자, 편히 주무시게."

박씨가 베개와 이불을 내어 주자 여인은 그 위에 쓰러지듯 누웠다. 박씨 또한 그 옆에 누웠다. 박씨는 잠이 든 척하면서 여인의 모습을 살펴보았다. 조용한 방에 곤히 잠든 여인의 숨소리만이 들릴 뿐이었다.

박씨는 자리에서 슬그머니 일어나 여인의 짐을 풀어 보았다. 그 안에는 작은 칼 한 자루가 들어 있었다. 주홍색의 빛나는 칼에는 '비연도'라고 쓰여 있었다.

'비연도라…… 제비처럼 날아다니는 칼이란 뜻인가…….'

그런데 그때 갑자기 칼이 공중으로 솟구치더니 박씨를 향해 날아왔다. 박씨는 황급히 몸을 피한 뒤, 미리 준비해 두었던 매운재를 뿌렸다. 곧 칼은 힘을 잃고 바닥으로 떨어졌다.

박씨는 칼을 쥔 채로 여인의 배 위에 걸터앉았다. 그리고 크게 소리쳤다.

"기홍대야! 너는 잠을 깨어 나를 보거라!"

깜짝 놀란 기홍대가 눈을 떴다. 그러나 박씨 때문에 옴짝달싹할 수 없었다. 기홍대가 벌벌 떨며 말했다.

"부인은 어찌 저의 이름을 아십니까?"

박씨는 칼을 기홍대의 목에 겨눈 채 호통을 쳤다.

"이 짐승 같은 오랑캐야! 그동안 우리 조선은 너희 나라에 많은 도움을 주었다. 그러나 네놈들은 은혜를 갚긴커녕, 도리어 조선을 침략하고자 하는구나. 너 같은 요망한 것을 보내 나를 시험하려 드니, 괘씸한 마음뿐이로다. 이 칼로 너를 베어 그 분함을 풀겠다."

박씨의 예리한 칼날 앞에서는 제아무리 뛰어난 자객이라도 어찌할 수 없었다. 기홍대는 박씨 앞에서 살려 달라고 애걸했다.

"부인께서 이미 알고 계시니, 제가 어찌 거짓을 말씀드릴 수 있겠습니까? 저는 청나라에서 온 자객입니다. 황제의 명령을 거역하지 못해 이곳에 온 것이니, 제발 목숨만은 살려 주시기 바랍니다."

그 말을 들은 박씨는 기홍대를 크게 꾸짖고 집 밖으로 내쫓았다. 이 광경을 엿보던 이시백과 집안사람들은 박씨의 신통함에 또 한 번 감탄했다.

이시백은 즉시 궁궐로 가 지금까지 있었던 일을 임금에게 아뢰었다.

"박씨 부인이 아니었으면 나라가 큰 화를 입을 뻔했구나."

임금은 의주를 지키는 임경업에게도 이 사실을 알리고, 경계를 강화하도록 했다. 또한 자객을 쫓아낸 일을 높이 여겨 박씨를 명월 부인으로 부르도록 했다.

•

"곧 나라에 큰 불행이 닥칠 것입니다.

대감께서는 어떤 일이 있더라도 나라에 충성하셔서

아름다운 이름을 후세에 전하소서."

•

국운이 불행하여

어찌할 수 없도다

기홍대는 겨우 목숨만 건져 허겁지겁 도망칠 수 있었다. 생각만 해도 아찔한 순간이었다. 기홍대는 생각했다.

'이미 일이 발각되었다. 이제 와 의주에 있는 임경업을 찾아간들 무슨 소용이 있겠는가.'

그녀는 어쩔 수 없이 자신의 나라로 돌아갔다. 청나라 황제가 물었다.

"성공했느냐?"

기홍대는 무릎을 꿇고 대답했다.

"죽을죄를 졌습니다. 성공은 고사하고 목숨마저 잃을 뻔했습니다."

"아니, 그게 무슨 소리냐?"

기홍대는 박씨 부인과 있었던 일을 털어놓았다. 황제는 불같이 화를 냈다.

"네가 완전히 일을 그르쳤구나. 게다가 우리의 계책까지 탄로 났으니 어찌할 것이냐?"

기홍대는 고개를 푹 숙인 채 눈물만 흘릴 뿐이었다. 황후가 말했다.

"염려치 마십시오. 비록 이번 계획은 실패하였으나 기회가 더 있사옵니다. 요즘 조선에 간신이 많아 나라가 어지럽습니다. 그러니 곧바로 군대를 모아 조선을 침략하소서. 임경업을 피해 다른 방향으로 간다면 반드시 성공할 것입니다."

그 말에 청나라 황제는 크게 기뻐하며 삼십만 명의 군대를 모으고 용골대와 용울대 형제를 대장으로 삼았다.

"임경업이 버티고 있는 의주 쪽으로 가지 말고, 서해 바다를 건너가라. 또한 의주 길을 막아 임경업에게 절대 소식을 전하지 못하게 해라."

황후는 두 장수를 따로 불러 이야기했다.

"이번에 바다를 건너 한성을 기습하면 임경업도 까맣게 모를 것이다. 다만 우의정 이시백의 집에는 절대 들어가지 말거라. 그곳에 갔다가는 공연히 목숨을 잃을 것이니 내 말을 명심하기 바란다."

두 장수는 명을 받아 군사를 이끌고 서해 바다를 통해 한성으로 나아갔다.

어느 날, 피화당에서 하늘의 기운을 보던 박씨가 크게 놀라 시백에게 말했다.

"북쪽의 오랑캐가 곧 쳐들어올 듯합니다. 급히 임금님께 아뢰어 임경업을 한성으로 불러들이고, 군사를 모아 오랑캐를 막으소서."

이시백은 이상하게 여겼다.

"아니, 오랑캐가 쳐들어오면 당연히 북쪽으로 올 텐데, 어찌 그곳을 수비하는 임경업을 한성으로 불러들인단 말이오?"

"이번에 오랑캐는 바다를 건너올 것입니다. 급히 임 장군을 불러들여야 합니다."

"그게 정말인가! 참으로 큰일이구려."

이시백은 서둘러 궁으로 들어가 이 사실을 전했다. 임금과 조정의 신하들이 머리를 맞대고 의논했다. 여러 신하들이 박씨 부인의 말을 따르자고 했다.

"북쪽 오랑캐는 본래 간사한 계책이 많습니다. 그러니 박씨 부인의 말대로 임경업을 불러 한성을 지키는 것이 좋겠습니다."

그러나 영의정 김자점이 반대하며 나섰다.

"그게 무슨 말이오? 지금껏 오랑캐들은 임경업에게 여러 번 패

하였소. 우리나라에 쳐들어올 군대도 없을뿐더러, 설령 온다 해도 북으로밖에 올 수 없을 것이오. 그들이 육지를 두고 모험을 할 필요가 있겠소?"

"그래도……."

김자점은 펄펄 뛰며 화를 냈다.

"생각들을 좀 해 보시오. 만약 임경업을 한성으로 불러들인다면 누가 북쪽을 지킬 것이오? 오랑캐가 북으로 쳐들어오면 어찌할 것인지 말들 해 보시오. 국가의 중요한 일을 한낱 여자의 말을 듣고 결정하겠다는 것이오?"

김자점의 말에 아무도 대꾸하지 못했다. 한 신하가 겨우 입을 열었다.

"박씨 부인은 신통한 재주가 있습니다. 그러니 이번에도 틀림없지 않겠습니까?"

김자점은 크게 호통을 쳤다.

"지금 온 나라가 평화롭고 백성들도 편안한데 무슨 전란이란 말이오. 그 요망한 계집의 말을 듣다니 참 한심하오."

결국 임경업을 한성으로 불러들이려는 계획은 물거품이 되어 버렸다.

박씨는 크게 한탄했다.

"아, 슬프도다. 오랑캐가 한성을 침범할 것이 분명한데, 간신

하나가 나라를 위태롭게 만드는구나. 급히 임경업을 불러 한성 근처에 군사를 숨겨 둔다면 적을 무찌를 수 있다. 그러나 이제는 손을 놓고 지켜보아야만 하는구나."

박씨는 이시백에게 간곡히 당부했다.

"곧 나라에 큰 불행이 닥칠 것입니다. 대감께서는 나라를 지키십시오. 어떤 일이 있더라도 나라에 충성하셔서 아름다운 이름을 후세에 전하소서."

●

"대장부라 큰소리치면서 나 같은 여자를 당해 내지 못하느냐.

오랑캐 왕이 너 같은 자를 장수라 보내다니 참으로 우습도다.

내 칼을 받아라!"

●

대장부라 큰소리치면서
나 같은 여자를 당해 내지 못하느냐

　　박씨가 김자점을 두고 한탄한 지 얼마 되지 않아서의 일이다.
동대문 밖에서 대포 소리가 울려 퍼졌다. 곧이어 북소리와 병사들
의 함성에 하늘과 땅이 뒤흔들렸다. 오랑캐들이 한성으로 쳐들어
오고 있었다.

　　오랑캐들은 닥치는 대로 사람들을 해치기 시작했다. 곧 백성들
의 시체가 산을 이루었다. 불길은 집을 활활 태우고 하늘을 물들이
며 불타올랐다. 살려 달라는 소리, 도움을 청하는 소리, 울부짖는
소리가 여기저기서 들려왔다. 비명 소리도 끊이질 않았다.

　　임금은 어쩔 줄 몰랐다.

　　"삽시간에 한성이 함락되었다! 적은 이미 궁궐 가까이 왔으니

이를 어쩌면 좋단 말이냐?"

우의정 이시백이 아뢰었다.

"먼저 옥체를 보존하시고 뒷날을 도모함이 옳을 듯합니다. 우선은 남한산성으로 피하는 것이 좋겠습니다."

임금과 신하들은 서둘러 궁궐을 빠져나와 남한산성으로 향했다. 가는 길 곳곳에 오랑캐가 가득했다. 오랑캐와 죽기 살기로 싸운 뒤에야 겨우 성안으로 들어갈 수 있었다.

청나라 장수 용골대는 동생 용울대에게 천 명의 군사를 주며 말했다.

"네가 꼭 해야 할 일이 있다. 한성에 있는 미녀들을 모조리 잡아들여라."

이렇게 이른 뒤, 용골대는 남은 군사들을 이끌고 남한산성으로 향했다.

동생 용울대는 용골대의 말대로 한성 이곳저곳을 샅샅이 뒤지며 미녀를 찾았다. 그러는 와중에 재물을 빼앗고 여인들을 납치하는 것은 기본이고, 저항하고 도망치는 이들을 서슴없이 죽이기도 했다.

그때 박씨 부인의 집안사람들은 모두 피화당으로 몸을 피하고 있었다.

"주위에 비명 소리, 울음소리가 가득합니다. 더 먼 곳으로 피해야 하지 않겠습니까?"

다급한 사람들의 말에 박씨 부인이 차분하게 답했다.

"이미 오랑캐 놈들이 한성을 다 차지했다네. 도망치려 한들 어디로 갈 수 있단 말인가. 이곳에 있으면 화를 피할 수 있을 것이니 걱정하지 말게."

마침내 용울대가 병사를 이끌고 이시백의 집에 이르렀다. 대문 앞에는 적막만 흘렀다. 아무 소리도 들리지 않았다.

용울대는 대문 안으로 들어서 이곳저곳을 살펴보았다. 그의 눈에 정원 한쪽에 울창하게 자란 나무들이 보였다. 나무는 용과 호랑이 모양으로 기이하게 얽혀 있었다. 나무들 안쪽에는 피화당이라 쓰인 작은 집이 있었고, 그곳에 사람들의 모습이 언뜻언뜻 보였다.

'후후, 저기들 숨어 있었구나.'

용울대가 병사들에게 외쳤다.

"저기 있는 것들을 모조리 끌어내라!"

병사들이 피화당을 향해 달려드는 순간, 신기한 일이 일어났다. 갑자기 하늘이 어두워지며 천둥소리가 온 천지를 뒤흔드는 것이다. 그러더니 주위에 있던 나무들이 갑옷 입은 군사로 순식간에 변하는 게 아닌가. 무수한 나뭇가지와 잎사귀 역시 창과 칼로 변했다. 북소리, 나팔 소리, 병사들의 함성 소리로 온 천지가 진동했다.

'이게 뭐지? 이게 도대체 무슨 일인가!'

용울대와 병사들이 허둥지둥 달아나려 했으나, 커다란 바위가 앞뒤를 막았다. 앞으로 나아가지도 뒤로 물러서지도 못하는 상황이 되었다. 창과 칼이 시시각각으로 용울대와 병사들을 위협했다. 어쩔 줄 모르는 용울대 앞에 한 여인이 칼을 들고 나타나 호통을 쳤다.

"오랑캐 도적놈이 감히 이곳에 들어오다니, 네가 죽기를 바라는 것이냐!"

용울대가 바닥에 절하며 빌었다.

"낭자께서 누구인지 모르고 함부로 이곳에 들어왔나이다. 부디 살려 주옵소서."

여인이 당찬 목소리로 말했다.

"나는 박씨 부인을 모시는 몸종 계화다. 부인이 주신 능력으로, 너희들을 대신 벌하기 위해 여기에 섰다. 수많은 사람을 해친 극악한 오랑캐가 어찌 살기를 바라느냐. 어서 내 칼을 받아라."

계화의 칼날이 용울대를 향했다. 가만히 앉아서 죽을 수만은 없던 용울대가 칼을 뽑아 계화에게 달려들었다. 그러나 팔에 힘이 쑥 빠져나가 그만 칼을 떨어뜨리고 말았다. 용울대는 탄식하며 말했다.

"아, 대장부로 태어나 큰 공을 세우고자 이곳에 왔건만, 이렇게 조그마한 계집의 손에 죽게 될 줄 어찌 알았던가."

계화가 말했다.

"대장부라 큰소리치면서 나 같은 여자를 당해 내지 못하느냐. 오랑캐 왕이 너 같은 자를 장수라 보내다니 참으로 우습도다. 내 칼을 받아라!"

순간 '번쩍' 하며 칼날이 용울대의 머리를 베었다. 계화가 머리를 들어 문밖에 내걸자 나머지 오랑캐 병사들은 놀라 달아나 버렸다. 이윽고 피화당을 덮은 검은 구름이 걷히며, 바람도 잔잔해졌다.

●

그러나 단 하나의 화살조차 그녀의 몸에 닿지 못했다.
알 수 없는 기운이 그녀 주위를 감싸고 있었기 때문이다.

●

고난이 다하면
즐거움이 오는 법

나라는 점점 위태로워졌다. 강화도가 함락되어 그곳으로 피난을 갔던 왕대비와 세자가 인질로 잡혔다. 임금이 피난을 간 남한산성 역시 청나라 군대에 완전히 포위당했다.

더 이상 버틸 수 없었던 임금은 결국 항복했다. 용골대가 앞장서서 임금의 항복을 받아 냈다.

얼마 뒤, 한성으로 돌아온 용골대는 동생 용울대가 죽었다는 소식을 들었다.

"감히 누가 내 동생을 해쳤느냐! 기필코 원수를 갚겠다!"

용골대는 군대를 이끌고 즉시 피화당으로 향했다. 그리고 그곳에서 동생 용울대의 베어진 머리가 문밖에 매달려 있는 것을 보았다.

분노에 가득 찬 용골대는 칼을 높이 쳐들고 달려들고자 했다.

"동생을 이렇게 만든 자를 죽여 버릴 테다."

그때 옆에 있던 다른 장수가 급히 그를 말렸다.

"장군! 잠시만 분한 마음을 참으소서. 저 나무들의 모양을 보니 옛날에 제갈공명이 쓰던 진법입니다. 함부로 들어가면 위태로워질 것입니다."

"동생의 원수를 갚지 말라는 소린가?"

"저곳에 함부로 들어갔다간 목숨을 잃을 것입니다. 부디 다른 방법을 생각하소서."

문득 황후의 말이 용골대의 머리를 스쳤다. 분명 황후는 조선을 치기 전, 우의정 이시백의 집에는 가지 말라고 했었다. 용골대는 가까스로 마음을 가라앉히고 다른 방법을 생각해 보았다. 그러더니 좋은 꾀가 났는지 병사들에게 명령했다.

"저 나무가 요망한 것들이다. 전부 다 베어 버려라."

병사들이 칼을 들고 달려드는 순간, 어디선가 바람이 불며 짙은 구름이 자욱하게 깔렸다. 나무들은 한순간에 병사들로 변하였고, 징과 북을 치며 함성을 질러 대는 소리에 하늘과 땅이 뒤흔들렸다.

동시에 난데없이 귀신 병사들이 나타났다. 병사들이 들고 있던 창과 검이 밤하늘의 별처럼 번쩍였다. 귀신들은 오랑캐들을 닥치는 대로 베었다. 번개 치는 소리에 세상은 무너질 듯 울렸고, 갈팡

질팡하던 오랑캐들은 떼죽음을 당했다.

순식간에 청군의 시체가 산처럼 쌓였다. 용골대의 군사는 북을 울려 황급히 후퇴했다. 그러자 금세 날씨가 맑아지며 귀신 병사들이 온데간데없이 사라졌다.

'이게 대체 무슨 일인가…….'

용골대는 주체할 수 없는 분노 때문에 온몸이 부르르 떨렸다. 그러나 어떻게 할 도리가 없었다.

문득 나무 사이에서 계화가 나오더니 용골대를 큰 소리로 꾸짖으며 말했다.

"이 무지한 용골대야, 이미 네 아우가 내 손에 죽었다. 너 또한 죽길 바라느냐?"

"너는 누구냐? 대체 어떤 요망한 계집이 감히 대장부를 욕되게 하느냐?"

"하하, 가소롭구나. 네 목숨 또한 내 손에 달려 있단 걸 정녕 모르더냐?"

용골대는 머리끝까지 화가 나 병사들에게 명령했다.

"저년에게 활을 쏴라!"

그러나 단 하나의 화살조차 그녀의 몸에 닿지 못했다. 알 수 없는 기운이 그녀 주위를 감싸고 있었기 때문이다.

병사들이 화살만 낭비하자 용골대는 뒷걸음질하며 그곳을 벗어났다. 그러고는 급히 영의정 김자점을 불렀다.

"너희 임금은 이미 우리에게 항복했다. 그러니 내 명령을 따르거라."

김자점은 머리를 조아리며 말했다.

"제가 어찌 장군의 명령을 거역하겠습니까?"

"좋다. 그러면 어서 군사를 이끌고 가 박씨 부인과 계화를 사로잡아라."

용골대의 명령에 따라 김자점은 조선 병사들을 이끌고 피화당을 둘러쌌다. 그러자 땅이 흔들리면서 끝이 보이지 않는 깊은 구덩이가 앞뒤로 생겨났다. 병사들은 피화당에 가까이 다가갈 수조차 없었다.

보다 못한 용골대가 나섰다.

"도대체 뭣들 하는 건가? 조그만 집 따위 전부 불태워 버려라! 하나도 살려 두지 마라!"

청군은 피화당 둘레에 화약 가루를 뿌려 놓고 불을 질렀다. 곧이어 엄청난 폭발 소리가 나며 큰불이 붙었다. 불길이 온 주위를 휩쓸자 피화당에 있던 사람들은 벌벌 떨었다. 그러나 박씨만은 태연히 앉아 있었다.

불길이 점점 박씨를 향해 다가오고 있었다. 박씨는 손에 들고 있던 부채를 한 번 부쳤다. 그러자 불길의 방향이 정반대로 바뀌었다. 이제 불은 청군을 향해 맹렬히 번져 갔다.

"으악!"

부대의 질서는 순식간에 무너졌다. 병사들은 허둥지둥하다가 불에 타 죽거나, 저희들끼리 밟혀 죽었다. 겨우 살아남은 이들은 걸음아 나 살려라 도망치기 바빴다.

용골대는 망연자실한 표정으로 탄식했다.

"분하도다. 이미 조선 임금의 항복을 받았음에도 불구하고, 조 그만 계집 때문에 병사들만 무수히 잃었구나. 더 당하기 전에 서둘러 돌아가야겠다."

용골대는 남은 군사를 이끌고 청나라로 돌아갈 준비를 했다. 박 씨에게 한차례 당해 목숨을 잃은 이들도 있긴 했지만 이미 조선에서 빼앗은 것들이 많았다. 재물이 산처럼 쌓여 있었고, 포로로 잡은 여인들 역시 수를 헤아릴 수 없을 정도로 많았다.

박씨는 계화를 시켜 오랑캐들에게 말을 전했다.

"이 오랑캐 놈들아! 감히 조선의 왕대비는 데려갈 수 없을 것이다. 만약 그리한다면 내 결코 너희들을 용서치 않겠다."

용골대가 대답했다.

"이미 임금은 우리에게 항복했다. 왕대비를 데려가고 안 데려가고는 우리 마음이니 그런 소리 하지 말라."

그러자 박씨는 계화를 시켜 꾸짖었다.

"너희들이 정녕 그렇게 나온다면 단 한 놈도 돌아가지 못하게 만들어 주마."

계화가 주문을 외자 순간 반짝하며 공중에 두 줄기 무지개가 생겼다. 잠시 뒤 폭우가 쏟아지더니 곧이어 엄청난 눈보라로 돌변했다. 땅은 순식간에 얼어붙었고, 오랑캐들은 단 한 발자국도 움직일 수 없었다.

그제야 오랑캐들은 창칼을 버리고 무릎을 꿇은 채 말했다.

"왕대비는 데려가지 않을 테니 부디 목숨만은 살려 주소서."

이번에는 피화당 안에 있던 박씨가 크게 꾸짖었다.

"원래는 네놈들을 한 명도 남김없이 모조리 죽이려 했다. 그러나 하늘의 뜻에 따라 돌려보내 주겠다. 다시는 조선에 오지 마라. 그리고 대군과 세자를 부디 편안히 모셔 가도록 하라. 그렇지 않으면 내 오랑캐를 완전히 멸망시키겠다."

오랑캐들은 가슴을 쓸어내리며 다행으로 여겼다. 문득 용골대가 박씨에게 어렵게 아뢰었다.

"부탁이 하나 있소. 부디 아우의 머리를 내어 주시오. 고향에 돌아가 묻어 주고자 하오."

하지만 박씨는 고개를 내저으며 말했다.

"우리 조선은 너희에게 씻을 수 없는 치욕을 당했다. 이것으로나마 우리의 분을 풀어야 하지 않겠느냐. 아무리 애걸해도 그렇게할 수는 없다."

용골대는 어쩔 수 없이 걸음을 돌려야만 했다.

오랑캐들은 자기 나라로 돌아갈 준비를 마쳤다. 청나라로 잡혀가는 조선의 여인들은 박씨를 향해 울부짖었다.

"우리를 제발 살려 주십시오."

"아, 슬프도다. 이제 우리는 살아 돌아올 수 있을지 모르는 신세로구나. 언제쯤에나 내 고향을 다시 볼 수 있으리오."

이에 박씨는 여인들에게 말했다.

"행복이 다하면 불행이 오는 법이요, 고난이 다하면 즐거움이 오는 법입니다. 이 모든 것이 하늘의 뜻이니, 너무 서러워 마십시오. 오랑캐 나라에 가 있으면 삼 년 뒤 고향으로 돌아올 수 있을 것입니다. 그러니 부디 그때를 기다리소서."

그 말에 모든 여인들이 통곡하며 울음바다가 되었다. 참혹한 그 광경은 차마 두 눈을 뜨고 볼 수 없었다.

●

"박씨는 집안에 앉아 있으면서도 오랑캐를 무찔렀다.

여인의 몸으로 나라에 충성하면서 적으로부터 조선을 지켜 냈도다.

참으로 대단하지 아니한가."

●

박씨 자손에
벼슬을 주고 덕을 기리도록 하라

오랑캐들은 육로를 통해 자기 나라로 향했다. 조선 임금의 항복을 받은 뒤라 다들 의기양양한 모습이었다.

이들이 의주를 지날 무렵이었다. 난데없이 한 장수가 나타나 오랑캐들을 닥치는 대로 베었다. 오랑캐들은 감히 맞서 싸우지 못하고, 도망치기에 급급했다.

겨우 정신을 차려 살펴보니 자신들을 공격한 것은 임경업 장군이었다. 오랑캐들은 임경업에게 너희 나라 임금이 이미 항복하였으니 길을 막지 말라는 편지를 보냈다.

"아아! 이럴 수가…… 하늘은 어찌 이리도 무심하던가."

편지를 읽은 임경업은 칼을 땅에 내던지고 크게 통곡했다. 그러고는 아무도 알지 못하는 곳으로 사라져 버렸다.

오랑캐들은 두려워하며 속으로 생각했다.

"겨우 목숨을 건져 가는구나. 이제 다시는 조선에 들어오지 않으리라."

대궐로 돌아온 임금은 예전에 박씨가 했던 말을 떠올렸다.

'오랑캐가 쳐들어오기 전에 임경업을 불러 한성을 막으소서.'

임금은 그 말을 듣지 않은 것을 두고두고 후회하였다. 이미 조선은 폐허가 되어 있었다. 수많은 백성들이 죽거나 끌려갔고, 집은 불에 타 잿더미만 남아 있었다.

"아아, 박씨의 말을 따랐다면 오늘날 어찌 이 지경에 이르렀겠는가. 만약 박씨가 남자였다면 오랑캐 따위가 두려웠겠는가."

신하들은 아무 말 없이 묵묵히 고개를 숙일 뿐이었다.

임금이 이어서 말했다.

"박씨는 집안에 앉아 있으면서도 오랑캐를 무찔렀다. 여인의 몸으로 나라에 충성하면서 적으로부터 조선을 지켜 냈도다. 참으로 대단하지 아니한가."

임금은 박씨에게 정렬부인*과 충렬 부인의 칭호를 내렸다. 그리

---

* **정렬부인** 조선 시대에, 정조와 지조를 굳게 지킨 부인에게 내리던 칭호.

고 만 냥의 상금을 내리며 다음과 같이 명했다.

"충렬 부인의 자손에게 대대로 벼슬을 주고, 그 훌륭한 이름이 먼 훗날까지 빛나도록 하라."

그 뒤로 오랜 세월이 흘러 박씨와 이시백은 열한 명의 아들딸을 낳았다. 자손들 역시 모두 훌륭하게 자라 높은 벼슬에 올랐다.

박씨는 남편과 함께 행복하게 살다가 일흔아홉이 되었다. 어느 날 부부는 아들딸을 불러 말했다.

"이제껏 우리가 누린 복은 끝이 없다. 더 이상 무슨 욕심이 있겠느냐. 이제 하늘나라로 갈 터이니 너무 슬퍼하지 않도록 해라."

다음 날, 부부는 손을 잡은 채로 함께 세상을 떴다. 임금은 금과 은을 내려 장사를 치르는 데 보태게 했다. 세상 사람들 역시 박씨 부부의 죽음을 슬퍼하며 조선의 영웅이 사라졌음을 안타까워했다.

박
씨
전

물음표로
따라가는
인문학 교실

고전으로 인문학 하기

고전을 읽으며 생겨나는 여러 질문에 답하며,
배경지식을 얻고 인문학적 감수성을 키워요.

고전으로 토론하기

고전을 다양한 시각으로 바라보며,
다르게 생각하는 힘을 길러요.

고전과 함께 읽기

함께 소개하는 다양한 작품을 통해,
인문학적 사고의 폭을 넓혀요.

고전으로 인문학 하기

● 여인들은 대체 왜 끌려갔을까?

"가족을 고향으로 데려가고 싶다고? 자, 한 사람당 400만 원이오. 데려가고 싶으면 돈을 내시오."

여러분의 가족이 누군가에게 끌려갔다고 생각해 보세요. 어떻게든 사랑하는 가족을 구하고 싶지만 가족을 붙잡아 놓은 상대는 큰돈을 내놓으라고 큰소리치지요. 그런데 학생인 여러분은 그렇게 큰돈을 구할 수 없는 상황이지요.

이런 비극을 상상해 본 적 있나요? 실제로 17세기에 그러한 일이 일어났습니다. 병자호란 때문에 벌어진 일이었지요. 병자호란은 1636년에 청나라가 조선으로 쳐들어온 일을 말해요. 《박씨전》은 이 시기를 배경으로 하고 있어요.

17세기 초에 조선은 명나라를 따르고 있었습니다. 그런데 조선이 오랑캐로 여기던 여진족의 세력이 성장하더니, 급기야 1616년 누르하치*가 여진족을 통합하고 후금을 세웠어요. 세력을 키운 후금은 명나라를 공격했어요. 후금이 명나라와 한편인 조선을 곱게 볼 리 없었지요. 1636년(인조 14년), 국호를 '청'으로 바꾼 후금은 조선으로 쳐들어왔습니다.

전쟁은 40여 일 만에 끝났어요. 조선의 완전한 패배였지요. 인조는 삼전도에서 청 태종에게 세 번 절하고 아홉 번 머리를 조아리며 항복하는, 이른바 '삼전도의 굴욕'을 겪었어요. 오랑캐라고 업신여기던 나라에 당한 조선 사람들의 충격과 분노는 그야말로 엄청났지요.

청나라가 할퀴고 간 상처는 무척 깊었습니다. 전쟁 때문에 국토가 황폐화되고 사회가 혼란스러워졌어요. 또한 수많은 사람이 청나라에 인질로 끌려갔지요.

청나라로 끌려간 이들을 다시 데려올 수 있는 방법이 있기는 했어요. 그때 필요한 것은 바로 돈이었지요! 신분에 따라서 비용이 다른데 대개 150~250냥을 받았고, 신분이 높으면 1,500냥까지 값이 훌쩍 뛰었지요. 요즘으로 치면 1냥이 2만 원 정도이니, 200냥

* **누르하치**(1559~1626년) 중국 후금의 첫 번째 황제. 여진족을 통합하고 만주 문자를 만들어 청나라 발전의 기틀을 세웠다.

은 약 400만 원 정도로 볼 수 있지요. 중국 심양성 밖에서 거래가 이루어졌는데, 돈을 마련하지 못한 수많은 사람들은 날마다 밖에서 울며 호소했답니다. 그곳은 하루 종일 울음소리로 가득했어요. 전쟁이 끝나고도 몇 년이나 이러한 일들이 계속되었지요.

《박씨전》에서도 수많은 여인들이 청나라에 인질로 끌려가는 모습을 잘 보여 줍니다.

> 청나라로 잡혀가는 조선의 여인들은 박씨를 향해 울부짖었다.
> "아, 슬프도다. 이제 우리는 살아 돌아올 수 있을지 모르는 신세로구나. 언제쯤에나 내 고향을 다시 볼 수 있으리오." • 본문 124~125쪽 중에서

몇 년 뒤, 가까스로 고국으로 돌아온 여인들을 기다리고 있는 것은 비난과 멸시였습니다. 정절을 잃었다는 이유였지요. 이들은 환향녀(還鄕女, 고향에 돌아온 여인)라 불리며 일평생을 죄인처럼 살았어요. 화냥년이라는 비속어는 여기에서 비롯된 말이지요.

이처럼 《박씨전》은 조선에 크나큰 고통을 주었던 병자호란을 시대적 배경으로 하고 있습니다.

● 어디까지 진짜일까?

작품이 역사적 사건을 소재로 삼았다고 해서, 작품 속 이야기가

모두 실제로 있었던 일인 것은 아니에요.

영화 〈명량〉을 예로 들어 볼게요. 이 영화는 이순신 장군이 멋지게 왜군을 무찌르는 이야기를 담고 있어요. 영화에는 명량 대첩 (1597년)에서 이순신이 거북선을 이용해 승리하는 장면이 나오지요. 그런데 실제로 명량 대첩에서는 거북선이 쓰이지 않았다고 해요. 이미 명량 대첩보다 앞서 있었던 칠천량 해전에서 원균이 거북선을 모두 잃었기 때문이지요.

그럼 영화감독은 거짓말을 한 거냐고요? 그렇다기보다 감독은 이순신을 상징하는 거북선을 영화를 통해 보여 주고 싶었을 거예요. 이렇듯 영화는 역사적 사실에 상상력을 더해 긴박감을 주고, 주제를 명확하게 드러내기도 한답니다.

문학 역시 마찬가지입니다. 《박씨전》에도 역사적 사실과 허구가 섞여 있어요.

김자점은 크게 호통을 쳤다.
"지금 온 나라가 평화롭고 백성들도 편안한데 무슨 전란이란 말이오. 그 요망한 계집의 말을 듣다니 참 한심하오." • 본문 104쪽 중에서

이 장면 기억하나요? 김자점이 신하들 앞에서 큰소리치는 부분이에요. 여기 나오는 영의정 김자점(1588~1651년)은 실제로 있었던 인물이에요. 그는 광해군을 끌어내리는 데 큰 역할을 했으며, 병자

호란에서 공을 세운 임경업 장군을 처형하라고 주장하기도 했지요.

《박씨전》의 실존 인물에는 또 누가 있을까요? 조선의 제16대 왕 인조, 마지막까지 청과 싸웠던 임경업 장군의 이름은 낯익을지도 모르겠네요. 여기에 더해, 이시백과 용골대도 실존 인물이랍니다. 이시백(1581~1660년)은 병자호란을 수습하여 인조의 총애를 받았으며 뒷날 우의정과 영의정의 자리에까지 올랐던 사람이에요. 용골대(1596~1648년)는 청나라 장군으로, 병자호란 때 10만 대군을 이끌고 조선을 침략했지요. 반면 용골대의 동생 용울대와 작품의 주인공인 박씨는 만들어진 인물이에요. 박씨의 아버지 박 처사, 몸종 계화 등도 모두 소설 속 허구의 인물입니다.

그런데 《박씨전》의 등장인물을 살펴보면 흥미로운 점이 있어요. 이 소설의 실존 인물은 모두 남성이며, 이들은 주로 박씨와 갈등한다는 거예요. 반면 허구의 인물은 대부분 능력 있는 데다 착하기까지 하지요. 박씨를 봐요. 엄청난 능력으로 어려움을 헤쳐 나가잖아요.

이렇게 그려진 데도 다 이유가 있어요. 실제로 당시 사회의 지배층으로서 국가를 책임지던 남성은 무능하기 짝이 없었어요. 이러한 면이 작품 속에 그대로 반영되어 있는 것이지요.

그런가 하면 병자호란의 양상도 실제와 다릅니다.

"대장부라 큰소리치면서 나 같은 여자를 당해 내지 못하느냐. 오랑캐 왕이 너 같은 자를 장수라 보내다니. 내 칼을 받아라!" • 본문 113쪽 중에서

계화가 박씨의 힘을 받아 청군을 무찌르는 장면입니다. 하지만 알다시피 병자호란은 조선의 완전한 패배로 끝났습니다. 인조는 청나라 앞에 무릎을 꿇었고, 왕의 두 아들인 소현 세자와 봉림 대군은 청나라에 인질로 끌려갔지요. 그러나 《박씨전》은 마치 우리가 병자호란에서 이긴 적이 있었던 것처럼 그려 내요.

다만 결말은 청에 항복하는 역사적 사실을 따르고 있습니다. 제아무리 뛰어난 박씨라고 해도, 역사의 큰 흐름을 바꾸진 못했지요.

● 왜 '가짜' 이야기를 만들까?

대체 왜 《박씨전》은 실제와 다르게, 우리가 청군에 이긴 적이 있었던 것처럼 그리는 걸까요?

자, 이런 상상을 해 봐요. 여러분이 미팅을 한다고 말이에요. 여러분은 미팅에 나온 이성 친구가 정말 마음에 들었어요. 하지만 그날따라 머리도 옷도 마음에 들지 않고, 자꾸 말이 꼬이는 거예

요. 미팅은 완전 실패! 여러분은 이성 친구와 헤어지고 돌아오는 길에 이런저런 상상을 할 거예요. 더 멋있고, 더 완벽한 내가 당당하게 이성 친구와 대화해 마음을 사로잡는 상상 말이에요.

《박씨전》에서 박씨의 모습은 이러한 여러분의 마음과 똑같습니다. 그러니까 현실에서의 패배를 상상 속에서나마 다른 결말로 바꾸고 싶은 마음인 것이지요. 병자호란은 우리 민족에게 치욕스러운 일이었습니다. 사람들은 쓰리고 아픈 마음을 소설로 쓰고 읽으며 분한 마음을 조금이나마 덜 수 있었겠지요.

《박씨전》은 작자 미상의 작품이에요. 즉 작가를 알 수 없지요. 그렇더라도 우리는 이 작품을 쓴 이유를 짐작해 볼 수 있습니다. 작가는 소설을 쓰며 대리 만족과 위안을 얻으려 했던 거예요. 참고로 현재 남아 있는 《박씨전》의 이본(異本, 기본적인 내용은 같으나 부분적으로 차이가 있는 책)은 약 70여 종인데요. 이는 《춘향전》과 《구운몽》에 이어 가장 많은 숫자입니다. 사람들의 울분을 잠시나마 잊게 해 주었던 소설이니만큼 당시에 무척이나 인기가 많았음을 알 수 있답니다.

이야기 속에는 힘이 담겨 있

어요. 특히 현실이 절망적일 때 이야기는 용기를 주지요. 《박씨전》
도 당시 전쟁으로 인해 고통받은 많은 이들에게 살아갈 힘을 주었
어요. 또한 무능한 지배층을 꾸짖으며 당당히 제 목소리를 내는 박
씨의 모습은 통쾌함을 주었고요. 그때는 청군에 끝까지 맞서 싸운
임경업 장군이 고문당해 죽는, 혼란스러운 시대였어요. 《박씨전》
을 쓴 작가와 읽는 사람 모두, 박씨와 같은 영웅이 태어나고 제대
로 대접받기를 간절히 바랐을 겁니다.

● 왜 박씨가 아닌 계화가 청군을 무찌를까?

청군을 호령하는 박씨는 정말 대단한 능력자지만, 처음부터 끝
까지 박씨 부인이라고만 불려요. 본명은 어디에도 찾아볼 수 없지
요. 이는 조선의 여인이 처한 현실과 관련이 있습니다.

이와 관련해 《홍길동전》의 작가인 허균의 동생, 허난설헌
(1563~1589년)의 이야기를 해 줄게요. 명문가에서 태어난 허난설헌
은 허균과 마찬가지로 글솜씨가 뛰어났고, 그림도 잘 그렸지요. 하
지만 그녀의 삶은 순탄치 않았어요.

"저에겐 세 가지 한(恨)이 있답니다. 첫째는 조선에서 태어난 것, 둘째
는 여자로 태어났으나 아이를 갖지 못한 것, 셋째는 수많은 남자 중 김성
립의 아내가 된 것입니다."

허난설헌은 두 아이를 돌림병으로 잃고 배 속의 아이마저 유산하는 불행을 겪습니다. 이런 와중에 시어머니는 고된 시집살이를 시켰고, 남편은 부인에게 관심을 갖지 않을뿐더러 밤마다 집 밖을 나돌아 다녔지요. 결국 그녀는 나이 스물일곱에 한 많은 짧은 생을 마쳤어요. 그런데 사실 그녀의 한은 조선 시대의 여인이라면 흔하게 가질 만한 것들이었습니다.

그나마 허난설헌은 자신의 이름을 남길 수 있었지만, 대부분의 여인들은 그러지 못했어요. 여성의 사회 활동은 사실상 금지되어 있었기 때문이에요. 조선 시대 사람들은 여자라면 어려선 부모를 따르고, 시집가선 남편을 따르고, 남편이 죽은 뒤엔 아들을 따라야 한다고 생각했지요. 이제 《박씨전》에 박씨의 이름이 나와 있지 않은 이유를 알 것 같나요? 여인이 이름을 남기는 게 오히려 이상한 시대였던 거예요.

《박씨전》에서 박씨가 청군을 무찌를 때 여종 계화를 대신 내보낸 것도 이와 관련이 있어요. 여성이 재능을 뽐내는 것도 어려운 시대에 도술은 부릴 수 있었을까요? 당연히 그럴 수 없었겠지요. 그래서 박씨는 계화를 내세웠던 겁니다. 신분이 낮은 계화는 여러 규범에 얽매이지 않으니 한결 자유롭게 행동할 수 있을 테니까요.

《사랑방 손님과 어머니》라는 소설을 알고 있나요? 이 소설에는 남편을 잃고 혼자 사는 여인과 그녀의 딸 옥희가 나옵니다. 어머니는 사랑방에 찾아온 손님에게 호감을 품게 되는데, 이때 옥희를 통해 말을 전하지요. 직접 손님을 대하지 않고 옥희를 통했던 이유는, 옥희가 어렸기 때문이에요. 옥희는 아이이기에 사람들의 오해를 피해 훨씬 자유롭게 행동할 수 있었으니까요.

《박씨전》의 계화와 《사랑방 손님과 어머니》의 옥희는 작품 속에서의 역할이 비슷해요. 둘 다 뜻을 전하는 대리인 역할을 하지요. 사대부 집안의 여인 박씨는 대리인을 통해서만 사회에 참여할 수 있었어요. 작품을 읽는 사람들에게도 그 편이 훨씬 자연스러워 보였을 거예요. 이름을 알 수 없는 박씨, 그리고 박씨의 대리인 계화. 이는 마음껏 능력을 표출할 수 없었던 조선 여인들의 모습과 한계를 잘 보여 주고 있습니다.

고전으로 토론하기

● 《박씨전》으로 '외모 지상주의'의 모든 것을 파헤치다!

생각 주제 열기

　못생긴 것으로 치면 박씨가 일등입니다. 오래된 돌처럼 푸석푸석한 피부, 달팽이 구멍같이 툭 튀어나온 눈, 입과 맞닿을 정도로 늘어진 코, 메뚜기 머리처럼 좁은 이마, 여기저기 엉켜 있는 머리털……. 박씨는 남편에게 버림받고, 시어머니에게 구박받았습니다.

　하지만 얼마 뒤, 사람들의 태도가 완전히 달라집니다. 박씨의 외모가 확 달라졌기 때문이에요. 박씨는 외모만으로 사람을 판단했던 남편을 꾸짖었어요. 그런 뒤 멋진 활약을 펼치고 위기에 빠진 나라를 구했지요.

　그런데 조금 씁쓸하기도 합니다. 박씨가 못생긴 얼굴로 성공할 수는 없었을까요? 결국 예뻐야 하는 걸까요? 박씨의 변신을 두고 아르볼 중학교에서 한바탕 이야기판이 벌어졌어요. 지금부터 선생님과 학생들이 함께하는 대화 마당으로 초대할게요.

《박씨전》, 외모 지상주의를 담고 있다?

 쌤 반갑습니다.
여러분, 자기소개부터 할까요?

 예은 안녕하세요.
저는 예은이에요.

 전진 저는 전진이에요. 성이 전이고 이름은 진이에요!
잘 부탁합니다.

쌤 이번 시간에는 《박씨전》을 두고 이야기를 나눌 거예요. 많은 독자들이 박씨의 외모 변신이 인상 깊다고 하더라고요.

예은 아름다워지고 싶은 욕망은 누구에게나 있으니 그런가 봐요.

전진 솔직히 말해 봐. 너도 박씨 부인이 부럽지?

예은 뭐? 혼날래?

전진 헤헤, 농담이야. 쌤, 요즘은 외모가 경쟁력인 시대인 것 같아요. 학교에서, 취업할 때, 결혼할 때도 외모는 중요하잖아요.

쌤 맞아요. 그래서인지 많은 사람들이 외모 가꾸기에 열을 올려요. 정상 체중인데도 다이어트를 하거나, 성형외과를 찾기도 하지요.

예은 개그 프로그램에서는 여자 코미디언의 외모를 대놓고 놀리더라고요. 정말 불쾌해요.

전진 그런데요, 예뻐지려는 노력도 인정해 줘야 하지 않을까요? 외모도 자기 관리인 시대라고요.

예은 넌 박씨가 자기 관리를 못해서 무시당한 것 같니?

전진 그게 아니라! 넌 참 무슨 말만 하면 화를 내냐!

예은 하여간 전 《박씨전》을 읽으면서 좀 씁쓸했어요. 결국 박씨가 예쁜 여인으로 탈바꿈한 뒤에야 사람들이 그녀의 능력을 알아주니까요.

쌤 그래요. 박씨가 못생겼을 때는 사람들이 그녀의 진가를 알아주지 않았지요.

예은 전 그래서 이 소설이 외모 지상주의를 은근히 부추기는 것 같다는 생각도 들었어요.

전진 저는 오히려 반대예요. 외모에 좌지우지되는 사람들을 보여줌으로써, 외모 지상주의에 빠진 이들을 비판하고 있는 건 아닐까요?

쌤 두 가지 의견 모두 일리가 있어요. 한 작품을 두고도 바라보는 시선이 다를 수 있지요. 《박씨전》에 대해 단정 짓기보다는, 소설을 차근차근 살펴보며 의미를 짚어 나가는 건 어떨까요?

전진·예은 네, 좋아요!

조선 시대에도 '미인 우대'?

쌤 작품 초반에 박씨는 시아버지에게 부탁해 작은 집을 짓지요.

예은 아, 피화당 말씀하시는 거죠?

쌤 네. 여기서 '피(避)'는 '피하다'를, '화(禍)'는 '재난'을 의미해요.

전진 아하! 말 그대로 '재난을 피하는 곳'이라는 뜻이군요!

쌤 그렇습니다. 박씨는 이곳에서 청나라 자객 기홍대를 제압했고, 용골대, 용울대 형제를 물리쳤지요. 그런데 피화당에서 '화'는 어떤 재난을 의미할까요?

전진 청나라의 침입이요!

쌤 또 다른 것은요?

전진 음…… 잘 모르겠어요!

예은 쌤, 박씨 입장에서는 남편도 큰 화일 것 같아요. 그쵸? 박씨를 무시하고 구박하잖아요.

전진 오, 듣고 보니 그렇네?

쌤 맞습니다. 말조차 걸지 않는 남편, 밥을 적게 주라는 시어머니, 대놓고 깔보는 하인들. 화는 멀지 않은 곳에 있었지요.

예은 박씨가 피화당을 만들어 달라고 했다지만, 사실 주변 사람들이 박씨를 피화당에 가둔 것이나 다름없어요. 못생겼다는 이유만으로 그렇게 해도 되는 건가요?

▲ 산드로 보티첼리 〈비너스의 탄생〉과 신윤복의 〈미인도〉. 각각 옛날 서양의 미인과 동양의 미인을 보여 준다.

전진 쌤, 조선 시대에도 그렇게 외모가 중요했나요?

쌤 본래 조선 시대 여인들에게는 정절과 올바른 마음이 제일로 강조되었어요. 반면 외적인 아름다움은 경계해야 할 것으로 여겨졌지요. 경국지색(傾國之色, 나라를 기울어지게 할 만한 미인), 가인박명(佳人薄命, 아름다운 사람은 목숨이 짧다)이란 말에도 다 미인에 대한 부정적인 속뜻이 담겨 있잖아요.

전진 하긴 이득춘도 계속 외모보다는 마음을 보아야 한다고 했죠.

쌤 하지만 안타깝게도 현실은 달랐어요. 단순호치(丹脣皓齒, 붉은 입술과 하얀 이), 화용월태(花容月態, 꽃다운 얼굴과 달 같은 모습)라는 옛말처럼 사람들은 미인을 예찬했답니다.

예은 휴, 그러니 아버지의 말이 이시백의 귀에 들어왔겠냐고요.

쌤 이야기를 하나 들려줄게요. 중국 전국 시대 제나라 무염에 종리춘이란 여자가 있었어요. 엄청난 추녀였던 종리춘은 마흔이 넘도록 시집을 가지 못했지요. 하지만 무척이나 지혜로웠던 그녀는 왕을 찾아가 나라의 문제점을 조목조목 따지고 해결책을 알려 주었지요. 감탄한 왕은 그녀를 왕비로 삼고 무염군이라 불렀지요.

전진 와, 대박! 인생역전이네요.

쌤 하지만 안 좋은 일도 덩달아 생겨났어요. 이제 그녀가 중국의 대표적인 추녀로 불리게 된 거예요.

전진 아오, 행복과 불행이 함께 왔군요!

쌤 사람들은 종리춘을 중국의 최고 미녀로 꼽히는 서시와 비교하며 비웃었어요. 무염군이 화장을 한다고 서시가 되겠냐면서 말이에요. 너무 차이가 나서 비교조차 되지 않는 상황을 가리키는 '각화무염(刻畵無鹽)'이라는 고사는 여기서 나왔어요.

예은 휴, 옛날 사람들에게 실망감이 드는걸요.

전진 역시 옛날이나 지금이나 외모는 중요한가 봐요.

쌤 우리는 이쯤에서 다시 한번 짚어 보아야 합니다. 박씨의 변신이 갖는 진짜 의미를 말이에요.

박씨는 어떻게 행복을 찾았을까?

쌤 박씨가 변신하는 장면은 참 인상적이지요. 마치 누에고치가 나비로 태어나는 것 같아요. 박씨의 외모가 변하고 나니 주변 사람들의 시선이 확 바뀌었지요?

전진 어휴, 남편은 내내 박씨 눈치만 보다가 병까지 걸렸잖아요.

예은 미인이 된 박씨 앞에서 쩔쩔매는 이시백의 모습은 정말 어린아이 같아요.

전진 쌤, 이시백이 너무 철없긴 해요. 같은 남자로서 좀 창피해요!

쌤 하하, 맞아요. 이시백은 겉으로는 도덕을 이야기하며 과거에 합격했지만, 속으로는 외모에 집착하며 못생긴 아내를 무시하였어요.

예은 겉과 속이 다르고 모순적인 사람이네요.

쌤 당시 남자들도 이시백의 모습과 크게 다르지 않았어요. '환향녀'와 관련된 일화를 봐도 알 수 있어요.

전진 환향녀요? 병자호란 때 끌려갔다가 돌아온 여인들이요?

쌤 그렇습니다. 병자호란 때 끌려간 사람이 수십만 명인데, 특히 여인들이 많았어요. 그런데 온갖 고초를 겪고 가까스로 살아 돌아온 여인들의 삶도 가시밭길이었어요.

전진 고국으로 돌아왔으니 이제 고생 끝 아닌가요?

쌤 아니요. 여인들을 반기는 사람은 아무도 없었어요. 남편은 정절을 잃었다며 아내를 멀리했어요. 그런가 하면 임신한 처녀는 오랑캐의 아이를 가졌다며 마을 사람들에게 손가락질받았지요.

예은 정말 너무하네요!

쌤 수많은 남자들이 아내와 이혼하겠다고 난리였고, 이는 큰 사회 문제로 떠올랐어요. 마침내 인조가 말하지요. 홍제원(지금의 연신내) 냇물에 몸을 씻고 서울로 들어오면 죄를 묻지 않겠다고요.

전진 헉!

쌤 한술 더 떠서, 인조는 남편들에게 첩을 두라고 권장합니다. 조선은 유교 사회라 이혼이 금지되어 있었거든요.

예은 와, 듣다 보니 막 화가 나네요. 냇가에 몸을 씻는 여인들의 마음이 얼마나 아팠겠어요!

전진 진정해, 진정.

쌤 많은 여인들이 목을 매거나 산속으로 들어가 평생 홀로 살았습니다. 임금을 비롯한 수많은 남자들은 나라를 위험에 빠뜨린 자신들의 잘못은 모른 체하고, 도리어 죄 없는 여성에게 정절을 잃는 '죄'를 지었다며 몰아세운 거예요.

전진 그야말로 적반하장이네요.

쌤 그런데 《박씨전》의 여인 박씨는 남성들을 당당히 비판합니다. 이는 불합리한 권위에 대한 비판이자, 모순된 시대 현실에 대한 분노였지요.

예은 선생님, 아까 박씨의 변신에 대해 이야기를 나눴잖아요. 박씨가 남성들 앞에서 당당해진 것도 다 변신한 뒤의 일 아닌가요?

전진 아하, 네 말은 박씨가 예뻐진 뒤 자신감이 생겨서 당당해졌다는 거구나!

쌤 물론 그렇게 생각할 수도 있지만, 저는 조금 다른 면에 초점을 맞추고 싶어요. 여러분, 변신한 뒤에 박씨의 능력이 어떻게 달라졌는지 생각해 본 적 있나요?

전진 능력이요? 어땠더라…….

예은 딱히 변한 건 없는 듯해요. 그전에도 하룻밤 사이에 옷을 뚝딱 만들고, 볼품없는 말이 천리마인 걸 꿰뚫어 보는 능력자였잖아요.

쌤 맞습니다. 박씨의 비범한 능력엔 큰 변화가 없지요. 만약 《박씨전》의 작가가 박씨의 외모를 중요하게 생각했다면, 미인이 되는 과정을 훨씬 더 자세히 묘사했을 거예요.

전진 그렇네요. 하지만 작품에서는 변신하는 장면을 간략하게 묘사하고 넘어가는 것 같아요! 박씨는 허물을 벗은 다음에도 소란을 피우지 말라며 담담해했고요.

예은 하긴, 생각해 보면 박씨는 아름다운 외모로 남편의 사랑을 받는 데 만족할 수도 있었지만, 그러지 않았어요.

쌤 저는 박씨의 외모 변신에만 초점을 맞추기보다, 점차 당당해지는 박씨의 모습도 주목해 주었으면 좋겠어요. 처음에 집 안에 틀어박혀서 소극적으로 행동하던 박씨는 어느새 청나라 군사 앞에서 호령할 만큼 성장하지요. 그 무서운 용골대도 박씨 앞에서 울고 갔잖아요. 《박씨전》은 한 조선 여성의 성장기인 것이지요.

전진 하긴, 조선 시대는 여성이 뛰어난 능력을 펼치는 것도 힘든 시대였으니…… 비록 박씨가 역사의 흐름까지 바꾸지는 못했다고 해도, 박씨의 노력은 인정해야 할 것 같아요.

쌤 박씨는 자신의 능력을 펼치면서 행복을 찾았을 거예요. 박씨가 오늘날 우리를 만난다면 이렇게 말하지 않을까요? 행동하지 않으면 행복은 없어. 더 나은 세상을 위해 움직이렴!

예은 와, 정말 공감 가요!

쌤 앞으로 여러분도 수많은 문제들을 맞닥뜨릴 거예요. 그럴 때마다 잘못된 현실을 당당하게 비판했던 박씨의 모습을 기억하길 바라요.

예은 오늘 많이 배웠습니다. 감사합니다.

전진 저도요. 정말 감사합니다.

고전과 함께 읽기

《박씨전》과 관련해 함께 보면 좋은 영화나 책 등을 소개합니다. 다양한 작품을 통해 고전 이해의 폭을 넓히고 재미를 느껴 보길 바랍니다.

영화 〈**미녀는 괴로워**〉 외모가 바뀌면 인생이 바뀔까?

네, 저 수술한 거 맞아요. 머리부터 발끝까지 싹……. 근데 그거 아세요? 예뻐지니까, 세상이 너무 쉬워졌어요. 한나한텐 평생 걸려도 안 되던 게 제니가 되니까 금방이었어요.

169센티미터에 95킬로그램인 한나. 그녀는 뛰어난 가창력을 가졌지만 못생긴 뚱보라는 이유로 무시받으며 얼굴 없는 가수로 활동합니다.

▲ 뮤지컬로도 만들어진 〈미녀는 괴로워〉
의 한 장면.

그런 한나에겐 짝사랑하는 남자가 있었습니다. 프로듀서였던 그는 잘생긴 데다가 친절하기까지 했지요. 그러던 어느 날, 한나는 그 남자의 생일 파티에서 비밀을 엿듣고 충격에 빠지게 맙니다. 그가 단지 자신을 이용하기 위해 친절을 베풀었다는 사실을 알았거든요.

큰 상처를 받은 한나는 성형 수술을 결심해요. 수술을 받은 뒤, 완전히 새로운 사람으로 다시 태어납니다. 최고의 미인이 된 그녀는 남자들의 시선을 받으며 달라진 모습을 실감하지요. 한나는 '제니'라는 이름의 유명 가수로 활동하게 되었고, 짝사랑하던 남자의 마음까지 얻었습니다.

하지만 결코 행복한 일만 있지는 않았습니다. 가장 친했던 친구를 잃고, 정신병을 앓던 아버지와의 관계도 멀어집니다. 이 과정을 거치며 한나는 참된 우정과 사랑의 의미를 깨닫게 돼요.

이 영화의 제목은 〈미녀는 괴로워〉입니다. 보통은 미녀가 되면 행복할 것이라고만 생각하는데, 왜 미녀는 괴로울까요? 그건 한나가 미녀가 되기 위해 진정한 자신을 버려야 했기 때문이에요. 바뀐 외모에 열광하는 사람들에 맞춰 '제니'라는 이름으로 살며, 사람들과 자기 자신을 속여야 했던 것이지요. 영화의 마지막 장면에서 한나는 말합니다.

눈떠 보니까, 강한나는…… 예뻐진 게 아니라 아예 없어져서……. 나도 날아가고 싶었는데, 근데 이건 제 날개가 아니잖아요…….

사람은 스스로의 모습을 직접 볼 수 없습니다. 거울을 통해 비친 모습만 볼 수 있을 뿐이지요. 내 외모에 대한 시선은 결국 내가 아닌 다른 이의 시선인 셈입니다.

사람들은 예쁜 외모를 통해 만족감을 얻을 수 있다고 생각해요. 물론 잘생기고 예쁘면 자신감이 저절로 생겨나요. 하지만 엄밀히 말하면 이는 '타인에게 보이는 내 모습에 대한 만족'일 뿐입니다. 이런 종류의 만족감은 지속적인 행복을 주지 않지요. 우리로 하여금 끊임없이 남과 비교하도록 만들기 때문입니다.

영화는 외모에 대한 집착 때문에 정작 중요한 걸 잃고 있는 게 아니냐고 묻습니다. 외모가 바뀐다고 행복이 저절로 오진 않을 겁니다. 정말 중요한 건 남이 보는 내 '겉모습'이 아니라, 나를 완성시키는 '안모습'에 있으니까요.

〈미녀는 괴로워〉의 한나와 《박씨전》의 박씨 모두 미녀가 되면서 삶에 변화가 생겼어요. 하지만 외모만 갖춘다고 진정한 행복이 찾아오는 것은 아니겠지요. 물론 외모를 따지는 사회도 달라져야 할 거예요. '외모의 변화'를 주제로 생각할 거리는 어떤 것들이 있는지 고민해 봐요.

고전 《홍계월전》박씨를 닮은 여성 영웅 이야기

계월은 조금도 변함없는 목소리로 꾸짖었다.

"네가 병이 들었다고 거짓말을 하며 상관인 나를 속이려느냐? 그것이 더욱 큰 죄로구나. 네가 병이 들었다면 네 애첩 영춘이를 데리고 춘향각에서 풍류를 즐기며 논다는 말은 대체 무슨 말이냐? 내가 들은 그 말이 거짓말이란 것이냐?"

보국이 깜짝 놀라 고개를 숙이고 벌벌 떨었다. 그러면서 거듭 용서를 빌었다.

《홍계월전》은 홍계월의 활약을 그린 여성 영웅 소설입니다. 계월은 어렸을 때부터 남자로 변장해 자랐습니다. 그러다 다섯 살 때 해적을 만났지요. 다행히 여공이란 사람이 물에 빠진 계월을 구해 줍니다. 계월은 여공의 아들 보국과 생활하게 되었지요.

동갑내기인 둘은 함께 공부하면서 과거 시험을 봅니다. 평국(계월의 남자 이름)이 장원, 보국이 부장원으로 나란히 급제하지요. 그리고 나라에 반란이 일어나자 평국이 대장, 보국이 부대장으로서 적을 격파하여 온 사람들의 칭송을 받습니다.

승승장구하던 평국, 즉 계월은 여자라는 정체가 탄로 나면서 위기에 처해요. 다행히 임금은 계월을 용서하고 보국과 혼인하도록 했지만, 둘의 결혼 생활은 순탄하지 않았어요. 보통의 여성들과 달리 계월은 남편에게 무조건적으로 순종하길 거부했거든요.

그러던 어느 날, 남쪽 지역에서 반란이 일어나요. 계월이 대장으로 전쟁에 나가게 되었고, 보국도 함께 가도록 명을 받았지요. 보국은 아내와 함께 가기가 죽도록 싫었지만 명령이니 어쩔 수 없었어요. 그런데 보국은 전쟁터에서 적군과 싸우다 그만 말에서 떨어지고 말지요. 보국이 죽을 위기에 처한 바로 그 순간, 저 멀리서 계월이 쏜살같이 달려옵니다. 그녀가 남편을 구출하는 장면은 이 작품의 하이라이트라 할 수 있습니다.

계월이 보국을 꾸짖으며 말했다.
"평소에 남자라 칭하면서
나를 업신여기더니,
겨우 그것밖에 되지 않더냐?"

결국 보국이 아내의
능력을 인정하고, 둘이 행복하게 함

께 사는 것으로 결말을 맺습니다. 《홍계월전》은 당시 엄청난 인기를 끌었던 소설이에요. 특히 여성 독자들은 계월의 모습을 보며 무척이나 통쾌해했지요.

《박씨전》의 박씨와 《홍계월전》의 계월 사이에는 분명한 공통점이 보이네요. 당당한 여성 영웅이라는 점이에요. 하지만 분명 두 여성 영웅 사이에는 차이점도 존재해요. 예를 들면 박씨는 자신을 되도록 드러내지 않지만, 계월은 벼슬에 올라 군사를 이끌기도 하지요. 이렇게 두 고전 소설의 공통점과 차이점을 살펴보는 것도 재미날 거예요.

소설 《변신》 아, 나는 슬프고도 흉측하게 변신했어

"저것을 없애 버려야만 해요."

누이동생은 아버지를 향해 강력하게 말했다. 어머니는 심하게 기침을 하고 있었기 때문에 아무것도 알아듣지 못하였다.

"저것은 아버지와 어머니를 돌아가시게 할 거예요. 그렇고말고요. 이렇게 고생하면서 일을 하지 않으면 안 되는 우리들 처지에 도대체 어떻게 저런 골칫거리를 집 안에 두고 참을 수가 있겠어요? 저는 이제 더 이상 참을 수가 없어요."

▲ 1916년에 출간된 프란츠 카프카 《변신》의 표지.

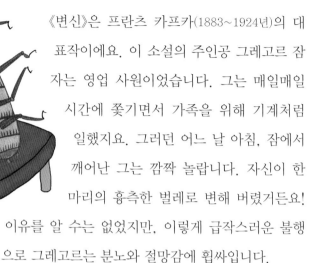

《변신》은 프란츠 카프카(1883~1924년)의 대표작이에요. 이 소설의 주인공 그레고르 잠자는 영업 사원이었습니다. 그는 매일매일 시간에 쫓기면서 가족을 위해 기계처럼 일했지요. 그러던 어느 날 아침, 잠에서 깨어난 그는 깜짝 놀랍니다. 자신이 한 마리의 흉측한 벌레로 변해 버렸거든요! 이유를 알 수는 없었지만, 이렇게 급작스러운 불행으로 그레고르는 분노와 절망감에 휩싸입니다.

그레고르의 가족은 총 네 명입니다. 5년 전 파산한 아버지, 집안일을 하던 어머니, 그리고 17살의 누이동생이 있었지요. 이들은 그레고르가 벌어 오는 돈에 의지해 변변찮은 생활을 이어 가고 있었습니다. 그런데 그레고르가 변한 모습을 보자 가족들은 경악을 금치 못했지요.

회사에 출근하지 못한 그레고르는 결국 해고당합니다. 이제 가족들은 그가 집안에 아무런 도움도 되지 않는다고 불평해요. 한순간에 쓸모없는 존재가 된 것입니다.

"죽은 것 같아요."

할멈은 이렇게 말하고 증거라도 보이려는 듯이 빗자루로 그레고르의 시체를 옆으로 쭉 떠밀어 보였다. 잠자 부인은 할멈의 행동을 가로막으려는 태도를 보였으나 실제로 그러지는 않았다.

"자아, 이제 우리는 하느님께 감사해야 할 거야."

잠자 씨는 이렇게 말했다. 그는 가슴에 십자가를 그었다. 어머니와 딸도 그가 하는 대로 따라서 똑같은 동작을 했다.

그레고르는 어떻게든 가족과 대화를 나누고 소통하고자 합니다. 하지만 벌레와 인간 사이에는 말이 통하지 않았어요. 결국 그는 두려움과 불안에 떨다가 아버지가 던진 사과를 맞는 바람에 죽지요. 가족들은 오히려 골칫거리가 없어졌다고 좋아했고, 집안은 곧바로 평온을 되찾았어요.

작가는 이 작품을 통해 현대인의 인간 소외 문제를 잘 보여 줍니다. 벌레로 변한 그레고르를 가치 없는 존재로 만든 건 바로 가족입니다. 그레고르가 벌레로 변한 뒤에도 돈을 벌어 왔다면 어땠을까요? 그때도 그레고르를 내쳤을까요? 어쩌면 변신을 한 건 그레고르 자신이 아닌, 나머지 가족들이 아닐까 하는 생각도 듭니다.

이 작품은 《박씨전》과 마찬가지로 변신 모티프를 활용해요. 모티프(motif)란 이야기의 주제를 이루는 최소 단위, 즉 '이야기 요소'지요. 그런데 그레고르와 박씨의 변신이 불러오는 결과는 매우 다릅니다. 박씨는 변신한 뒤 더 행복해졌지만, 주인공 그레고르는 끝없이 불행해졌지요. 그레고르 가족에게 진정한 사랑이 존재했다면 그레고르의 운명은 달라지지 않았을까요?

물음표로 따라가는 인문고전 01

박씨전 결국 예뻐야 하는 걸까?

ⓒ 박진형 이현주, 2016

1판 1쇄 발행일 2016년 12월 20일 | 1판 5쇄 발행일 2022년 2월 15일

글 박진형 | 그림 이현주
펴낸이 권준구 | 펴낸곳 (주)지학사
본부장 황홍규 | 편집장 윤소현 | 팀장 문지연 김지영 | 편집 양선화 박보영 이인선 김승주
디자인 최지윤 | 제작 김현정 이진형 강석준 방연주 | 마케팅 송성만 손정빈 윤술옥 이혜인
등록 2010년 1월 29일(제313-2010-24호) | 주소 서울시 마포구 신촌로6길 5
전화 02.330.5263 | 팩스 02.3141.4488 | 이메일 arbolbooks@jihak.co.kr
ISBN 979-11-85786-86-5 44810
ISBN 979-11-85786-85-8 44810 (세트)
잘못된 책은 구입하신 곳에서 바꿔 드립니다.

지학사아르볼   아르볼은 '나무'를 뜻하는 스페인어. 어린이들의 마음에
담긴 씨앗을 알찬 열매로 맺게 하는 나무가 되겠습니다.

홈페이지 www.jihak.co.kr/arb/book | 포스트 post.naver.com/arbolbooks